7.95

La Mornifle

Jacques Garneau

La Mornifle

*Introduction de
Gilles Dorion*

BQ

BIBLIOTHÈQUE QUÉBÉCOISE

Bibliothèque québécoise inc. est une société d'édition administrée conjointement par la Corporation des éditions Fides, les éditions Hurtubise HMH ltée et Leméac éditeur.

Conseiller littéraire
Aurélien Boivin

DÉPÔT LÉGAL: TROISIÈME TRIMESTRE 1990
BIBLIOTHÈQUE NATIONALE DU QUÉBEC

ISBN: 2-8940-6061-0

Il était beau ce matin, il y avait partout où les yeux se posaient d'énormes quantités de vies qui demeuraient en suspens, à hauteur de nuages et qui, bientôt, allaient fondre sur la terre, détruisant les limites artificielles du monde en le remplissant d'êtres et d'esprits incalculables.

Victor-Lévy Beaulieu

...et des bêtes la nuit me tiennent par le cou.

Félix Leclerc

LA TECHNIQUE ROMANESQUE

Dans ses deux premiers romans, Jacques Garneau présentait des personnages aux prises avec des problèmes de personnalité: un schizophrène voyeur qui s'explique à son thérapeute (*Mémoire de l'œil*, 1972), un malade atteint d'un délire incurable, soumis à l'observation de son psychiatre et de son gardien (*Inventaire pour St-Denys*, 1973), utilisant spontanément les murs pour parler, en les tapissant de photos et de dessins. Si le regard est sans cesse sollicité, abondent les descentes dans le subconscient, opposant ainsi, fréquemment, le rêve ou la mémoire à la réalité, posant douloureusement le problème de la difficile communication humaine. Son troisième roman, loin de déroger à cette technique, l'exprime encore avec des moyens plus sûrs, d'une façon encore plus efficace. Dès le seuil, avant de franchir la première porte, comme dans un vestibule, est présentée la convention romanesque «schizophrénant» pour ainsi dire les personnages, les faisant alterner dans un étrange et fascinant va-et-vient entre le rêve et la réalité, entre le fictif et le réel: une table en plein champ, deux convives, Geneviève et le narrateur (omniscient), un cheval (indéniable symbole sexuel) qui saute par-dessus la table. Une sorte de

9

rituel est établi: la table servira de médium, le couple se mettra à écrire en suivant l'imagination en délire initiatique. La mise en scène est complétée, le roman peut s'amorcer, les personnages devront franchir dix «portes» pour marquer leur chemin de la vie à la mort, pour accomplir leur destin inéluctable, et celui du pays.

Le récit est figuré par le regard du narrateur traçant avec son doigt dans la «fenêtre sombre et sale /.../ un beau trou pour voir». Que distingue-t-il? Des cercueils. Que s'est-il passé depuis sa première rencontre avec Geneviève et la mort, sa mort? À l'occasion d'une visite des lieux qu'effectue le narrateur, plus tard, il nous introduit dans le récit grâce à la mise en abîme, répétée à la fin, et présente, dans une sorte de scène dressée au-delà de la vitre, le premier couple dont il fait partie en tant que narrateur homodiégétique et fait appel à sa mémoire visuelle et onirique pour recréer les événements. Un certain nombre d'indices permettent d'observer le roman en train de s'écrire, surtout dans les deux derniers paragraphes du préambule et dans «La première porte», ce qui suppose une mise en place minutieuse mais non dépourvue d'hermétisme, à laquelle la lectrice / le lecteur doit accorder toute son attention. Ajoutons que la division en portes fait inévitablement songer au cheminement spatial de *l'Année dernière à Marienbad*, d'Alain Robbe-Grillet, où l'on franchit salles et salons porte après porte, dans une espèce de mouvement ressemblant à une mise en abîme marquant la dérive dans le rêve, la mémoire et l'imaginaire. C'est l'allure que semble emprunter ce roman/récit, de la vie ensemencée dans le ventre de Geneviève jusqu'à la naissance de l'enfant mort-né, jusqu'à la mort successive, réelle ou figurée, des autres personnages, l'accoucheuse elle-même, la Grenon, surnommée la Mornifle, Jonas, Blanche et Ernest, Geneviève, le narrateur, et le pays... Inspiré aussi par l'épigraphe principale tirée de Victor-Lévy Beaulieu, le romancier lui emprunte sa technique et ses moyens d'expression, à la fois par son réalisme cru, ses descriptions directes, mais surtout cette émotion caractéristique qui nous remue profondément parce qu'elle révèle les difficiles rapports humains ou les intimes et précieuses connivences qui s'établissent entre les hommes et les femmes. Ces liens secrets sont parfois imprégnés de tendresse et de passion comme ceux qui unissent Geneviève et le narrateur (innomé), parfois d'incompréhension, de mise à distance des êtres malgré leurs efforts de rapprochement, de croisements et d'interférences faisant et défaisant les couples amoureux, formant de curieux triangles, inattendus mais spontanés, naturels et inévitables.

Les personnages

Donc un lien privilégié, charnel et spirituel, est créé entre Geneviève et le narrateur, un rapport de couple amoureux dont nous suivons les étapes procréatrices, de l'ensemencement passionné, puis de la grossesse nauséeuse et pénible jusqu'à la fausse couche tragique qui mène la mère jusqu'au tombeau. Un lien spirituel s'établit également avec un autre couple, Catherine et Jonas, elle, la confidente de Geneviève et une amie toute proche, que, dans ses fantasmes de mâle, désire le narrateur; lui, Jonas, homme des bois, chasseur de fauves et chasseur de sorcière, qui sème deux monstres dans le ventre de la Grenon, la sage-femme qui met au monde les enfants de Sainte-Rosalie avec une grande gifle du revers de la main, ce qui justifie son sobriquet. Paradoxalement, l'accoucheuse tisse des liens entre les habitants de ce village perdu loin de la ville en présidant à toutes les naissances (sauf à celle de l'enfant de Geneviève), mais en même temps en présageant la mort. Jonas, le coureur de bois, est attaqué par des loups et meurt, Geneviève ne peut donner la vie et meurt à son tour. Le plus tragique et le plus émouvant des couples, c'est celui que forment l'oncle Ernest et la tante Blanche, Milien et Milienne se dirigeant assurément vers la mort, comme dans *les Grands-pères* de Victor-Lévy Beaulieu, mais accompagnés par une tendresse sécurisante, la nostalgie de la belle vie passée, des heureux moments qui ont traversé leur passage terrestre et du triste rappel de leur commune stérilité, et finalement par leur impuissance muette devant l'inéluctable fin. Considérée comme sorcière, la Mornifle se réfugie dans sa maison après la mort de Jonas, attendant la mort dans son corps qui se défait et son esprit qui divague, semble se dissoudre et la conduire au meurtre horrible de ses enfants monstres et au suicide.

Le projet du pays à naître

C'est ici que s'éclaire l'allégorie du pays mythique à naître. Dès le début du roman, on songe au «pays présent dans le temps. On y parle rarement de demain mais on rêve beaucoup» (p. 30). Le pays est figé dans une immobilité stérilisante, il se meurt: les maisons sont abandonnées, il naît peu d'enfants, les chambres sont vides... Alors surgit le rêve dans la personne de Jonas, sorte de prophète du pays. Lui, «le premier sorcier du pays /.../ il avait entrepris les premiers mirages essentiels» (p. 41). Le rêve habite le village endormi. «Nous sommes un peuple endormi» (p. 49), affirme le narrateur. «Tout le village s'évertue à venir au monde» (p. 56) lors d'une cérémonie initiatique présidée par le magicien Jonas. Malgré ses promesses de maternité, Geneviève fait une fausse couche, à la suite de quoi Jonas ne peut que soutenir: «Ce pays est une femme», puisque son rêve a avorté comme celui de Geneviève. La mort de Jonas, mystérieusement perdu dans la forêt pourtant connue, anéantit le rêve qu'il caressait de bâtir un pays neuf. Par la suite, les autres personnages semblent se désagréger lentement: Blanche meurt et Ernest, pour «sortir de ce maudit pays, ce pays pourri», met le feu à sa maison, où il périt. Les personnages sombrent l'un après l'autre dans le délire ou la folie: la Mornifle se suicide après avoir tué ses enfants, Catherine ressent l'appel irrésistible de la ville après la mort de son mari et celle de son amie Geneviève. Le narrateur n'a plus qu'à déclarer: «Et je suis mort» (p. 207). Le pays est hanté par la peur et par la présence obsédante de la mort, la grande faucheuse de vie. De l'autre côté de la vitre, c'est la mort, c'est «le pays immobile et blanc» (VLB), symbolisé par un hiver presque permanent dans un pays endormi sous la neige. Des fantômes, des monstres, des cercueils, quel pays lugubre!

   L'allégorie prend donc des accents politiques. «La vision embrouillée de l'histoire» (p. 179) occupe le cerveau malade de l'accoucheuse. La tuerie à laquelle elle se livre dans son désespoir et son délire

13

finals rappelle celle, fantasmée, de Milien, dans *les Grands-pères* (p. 107-108) encore. L'image du pays à naître, le rêve individuel et collectif se greffe tout naturellement à l'usage de la parole et au problème de la langue: «Celui qui changera la parole du pays sera puni de mort», déclare Jonas (p. 69), qui invente ses commandements:

> *Un seul pays tu seras et le seras parfaitement*
> *Une seule langue parleras sous peine de mort même-*
> *ment*
> *Un seul pays tu libéreras et le feras prochainement* (p. 69-70).

Ce pays est silencieux car on apprend aux enfants à rester muets. «Ce peuple n'a pas desserré les dents depuis trois siècles» (p. 131), mais il doit désormais accéder à ce que le poète a appelé «l'âge de la parole». Hélas! «Nous possédons la fragilité de la langue /.../ Nous avons des moustaches pour cacher nos grimaces et nous n'avons d'autre langue que notre cri» (p. 130).

L'espace-temps

L'espace où évoluent les personnages est confiné à un petit village clos, Sainte-Rosalie, éloigné mais relié quand même à la ville par l'autoroute. Comme dans de nombreux romans québécois se dégage, dès la mise en situation, l'opposition ville/campagne, non pas cependant la conventionnelle opposition dualiste, manichéenne, mal/bien liée à novation/tradition, mais, par une sorte de renversement et même de chiasme, la ville (novation, bien, parole, vie...) opposée à la campagne (hostile, distrillatrice de tradition surannée, de silence, d'ennui, de solitude et de mort). C'est, en tout cas, ce que pense Catherine (porte 10), qui ajoute même à sa réflexion l'opposition village/forêt. Cette forêt mystérieuse, pleine de pièges et de bêtes sauvages, lui a ravi son époux qui, pourtant, l'avait apprivoisée: «Elle ne pouvait plus aimer ce pays, ce village, qui lui redonnait son homme dans un cercueil» (p. 196). Elle déteste ce pays froid, glacé, ce pays mort sous la neige. Nous retrouvons cette attirance de la ville et ce mépris de la campagne et du village chez Ernest. L'être d'exception qu'est Jonas respire au contraire la communion avec la nature, la sérénité de l'harmonie qui les unit. Pourtant, un jour, il sera vaincu par les forces animales mauvaises qui y rôdent. De toute façon, l'antinomie fondamentale civilisé/sauvage manifeste ce que Jean Weisgerber appelle des polarités, ici essentielles, dans le comportement des personnages. Quant au temps, il se déroule de l'automne (un 12 octobre (p. 9) à 9 heures du soir (p. 19), pendant l'été des Indiens, jusqu'au printemps (p. 207), le temps d'une gestation aboutissant, huit mois plus tard (p. 205), à la mort de la mère et de l'enfant (p. 204).

L'écriture

La mise en situation du récit éclaire directement celle de l'écriture, présentée comme un exercice automatique: Geneviève et le narrateur, tout en communiquant avec les esprits qu'ils invoquent tacitement par le médium de la table, écrivent sans contrainte ce qui leur passe par la tête, ce qui donne lieu à des histoires échevelées, plutôt décousues, incohérentes même. Peu importe, ce qui compte, c'est écrire. L'écriture devient souveraine, elle transcende tout, domine les événements, exprime littéralement la vie. L'écriture symbolise la vie et, bien plus, une renaissance des personnages. L'écriture à naître, l'enfant à naître, le pays à naître, voilà le lien fondamental de cette écriture en gestation, porteuse de rêves et d'espoirs impitoyablement frustrés.

Au début, le rythme se fait volontiers saccadé: une foule de phrases brèves, souvent nominales, suite des précédentes, forment un déroulement cumulatif fondé sur des notations diverses. Cette sorte d'écriture de constat, sans prendre une amplitude démesurée, supporte graduellement l'exploration intérieure des sentiments et leur accorde une intensité dramatique, émotive et sensuelle tout à fait prenante. On peut même affirmer que la parataxe et la subordination simple contribuent à créer et à soutenir une expression lyrique accordée aux thèmes de la naissance, de la vie et de la mort, de l'ennui et de la solitude, du pays à naître.

Par les images, surabondantes, l'auteur exploite à satiété la comparaison et la métaphore, à tel point qu'elles confirment l'exercice de style qui nous est présenté au début du récit. Heureusement, le roman n'est pas que cela mais il est aussi cela. La complaisance du romancier n'a d'égales que l'efficacité et la maîtrise de ses images: elles contribuent hors de tout doute à imprimer à l'histoire un ton, une atmosphère qui ne sont pas étrangers à l'émotion qu'elles suscitent. La portée lyrique de l'ensemble ne peut que séduire la lectrice/le lecteur, car il ne s'agit pas de sentiments à fleur de peau, mais d'impressions et de sensations profondes fusionnées dans le rêve et la poésie. Une manière de grand exorcisme du quotidien en même temps qu'une vaste ouverture sur la vie. Au bout de cette enfilade de situations ambivalentes, trouvera-t-on au moins l'espoir?

Gilles DORION

Nous sommes en octobre, le 12. Je fais un arrêt à Sainte-Rosalie dans un restaurant jaune et vert près de l'autoroute qui va à Québec. Un café. Il n'est pas bon: c'est la crème, je pense, qui est un peu sure. Soudain, ça me tombe carré dans les oreilles. Il me semble entendre les pas d'un cheval. Ça vient d'en bas. De l'escalier qui va vers les toilettes. Je descends. Une fenêtre sombre et sale donne sur les champs en arrière. Je suis seul. Mon doigt dans la vitre fait un beau trou pour voir. C'est à peine croyable puisque je distingue très clairement des cercueils.

Si au moins Geneviève était avec moi, je pourrais vérifier. Je me lave les mains très vite. Un peu d'eau sur le visage. L'odeur du savon liquide ne se perd pas quand je remonte l'escalier. Je me dis que ça commence mal. En sortant, je ne peux pas résister à la tentation d'aller marcher dans les champs. Le foin a été coupé à hauteur des chevilles. Rien de bruyant dans mes pas. Un champ n'a pas été fauché. J'y vais. À peine avancé, je sens tout à coup que quelqu'un est là. Je ne saurais dire si c'est toujours derrière moi, mais j'entends très bien son souffle. Un souffle froid et sec, contrairement à ce que Geneviève déposait toujours dans mon cou. Puis une ombre très douce. Je marche un peu plus vite, c'est alors que je découvre un grand coffre, comme les anciennes radios. Un coffre très vieux et taché de terre. Je sais maintenant que la fenêtre n'était pas trop sale. D'ailleurs cette senteur de renfermé est aussi bien vivante.

La sueur s'installe sous les manches de chemise. Je transpire également de la tête. Près du nez, ça pique. L'avant-bras en aller-retour pour dégourdir les narines. Demeurer debout ne change rien. Fermer les yeux c'est pire. Regardez ma main, celle de droite! C'est ridicule de sentir tout le liquide d'un cercueil. Il me faudrait courir. Je me passe la langue sur les dents. Par habitude. Les trous ne rassurent pas. Si vous me voyiez me tenir les deux mains en courant...

Au bout du champ, une grande table. Geneviève est déjà assise. Elle a posé ses mains à plat sur la nappe. Je trouve cette nappe passablement ridicule. On entend de nouveau les pas du cheval. Il galope à toute allure et saute par-dessus la table juste vis-à-vis du centre. Je souris à Geneviève pour la rassurer et aussi parce que le cheval est très beau. Elle a l'air très calme. Je sens que ça va me prendre du temps avant de tout lui raconter. Pour savoir, il suffirait de mettre un cadran au centre de la table. Geneviève fait signe que non. Je lui dis que parfois je me tairai pour en écrire des bouts au crayon. Elle pourra les relire le soir. J'insiste pour que ce soit de préférence la nuit. Une fois qu'elle sera habituée, elle pourra lire le matin et l'après-midi. Elle a l'air fascinée par cette proposition.

Il faudra surtout qu'elle soit assidue. C'est la règle. Elle n'a pas l'intention de s'en aller. Il faudra également s'asseoir à la même place. Toujours. Elle pourra aussi écrire si elle veut. Noter chaque mot et même distinguer parfois chaque lettre. Elle doit s'acharner à l'écoute, car le moindre doute arrêterait le cheval de galoper. Et le cadran toucherait à vide. Je lui dis qu'il ne faut surtout pas manquer cette vie, même si je sais que parfois il nous faudra nous traîner à cette table pour rendre possible l'eau qu'elle renferme. La fatigue n'est pas permise pour un an. Ce n'est qu'après qu'on se mettra à tuer le temps. Ce n'est qu'après que Geneviève pourra se permettre de rédiger sa propre histoire. D'ici là, aucun extrait de ce récit ne devra être envoyé à ses amis.

LA PREMIÈRE PORTE

Nous nous mettons à table. Geneviève n'a pas faim. Je lui dis que, pourtant, il faut d'abord manger. Il est huit heures du soir. La soupe est de la même couleur que la terre. Mais c'est bon. J'aurais voulu convier des poissons et des chats, ou encore des oiseaux et des loups. Même le cheval nous aurait rassurés. Mais ce fut une tout autre affaire. Nous avions à peine le temps d'écrire.

«Je suis l'ange. Rose et bouffi comme il se doit. J'ai deux ailes pour voler. Police. Menottes. Coups de pied sur la nuque. Un ange doit dire la vérité. Sage comme une image. Je ne fais jamais de mal à personne. J'ai la mauvaise habitude de coucher dans un lit de plumes. L'arbre repose sous les couvertures. Cahiers de devoirs et de leçons. D'apprendre, c'est le seul retour à la terre, le jardin, le potager dans la cour en arrière, à côté du garage de mon père. L'arbre et la crevasse. Je ne me demande plus si je suis le premier occupant.»

C'est très peu mais nous sentons que la vie s'en vient. Geneviève sourit. Ai-je besoin de la rassurer? Le cheval peut bien revenir maintenant, car nous sommes prêts. À moins que ce ne soit pas un cheval. C'est difficile à dire. Geneviève aussi commence à douter. Elle a sans doute ses raisons. J'aimerais bien savoir ce qu'elle a noté. Elle est pire qu'une première de classe, elle ne me montre jamais ses cahiers. Faut que je fasse tout par moi-même. Les devinettes c'est pas mon fort. Quand elle a dit l'essentiel, tout a été clair. Elle est sublime, Geneviève. Parce que ça lui prend deux mois par aveu. Alors que tout est si simple. Il suffit de s'asseoir à table, de poser ses mains à plat et d'attendre, et d'écouter. Nous avons très peu le sens de l'écoute tous les deux. Mais ça viendra. J'ai au moins le sens de l'attente. Je recommence:

«Je suis médecin, car je suis docteur en médecine. Je n'ai que trois ans. Je connais les mouches, les papillons, les fourmis et les rats. Pas souvent les rats, c'est alors que je suis devenu premier de classe. Ma première voiture était rouge. (Il y eut trois alarmes.) Le feu n'a pas tout pris. Infirmier pour les chardons, échardes et autres égratignures, c'est arrivé au Lac-Carré, quand les Américains sont venus tourner un film sur les derniers bisons d'Amérique et, comme la boussole ne fonctionnait pas sur la motoneige et que les chiens esquimaux coûtent plus cher, le film a été manqué. Les chiens ordinaires coûtent moins cher. Je pense aux «perrons de portes» qui venaient faire leurs besoins dans le potager de ma mère. Elle criait au meurtre. D'ailleurs, j'aurais aimé qu'elle soit folle. Juste pour avoir le plaisir de l'interner. Cela lui procura des ulcères d'estomac. Voilà pourquoi je suis devenu médecin.»

J'ignore ce que Geneviève a pensé. C'est difficile d'écrire tout seul. Je ne sais pas si l'histoire du médecin comporte l'épisode de cette femme qui a cherché toute sa vie à faire un enfant avec un chien et qui mourut d'un cancer l'an dernier. Puis les feuilles des arbres entre les jambes. La boue était sèche aux genoux. Elle sentait très fort en dessous de la mousse. Et quand les jambes se sont repliées sur le ventre, on aurait dit une boule de cristal cassée en deux. Elle ne cria point quand on sortit l'enfant gonflé de pus entre ses cuisses. C'était peut-être contenu dans le second récit ou l'histoire de la louve. Je ne me souviens pas très bien. Cette femme a commencé par le bas; comme le feu. Elle criait. Il y avait de la fumée plein la chambre. Et je dis que ça sentait bon. Les couvertures étaient noires comme le poêle. J'ai ramené mes mains sur ma poitrine et je me suis serré très fort pour ne pas tomber étouffé. J'aime beaucoup m'aider à ne pas mourir. Le menton rentré comme pour se casser le cou. Les deux jambes se sont repliées toutes seules. Et j'ai senti entre mes cuisses une espèce de chaleur qui venait du ventre. Frotter les mains et les mettre près du nombril. La femme n'accouchera pas. Entre les jambes, bien écartées pour voir, pour se dire que c'est par là que l'enfant va sortir. Puis se cacher dans le bois et s'essuyer avec des feuilles. (Ce n'est peut-être pas un cheval que nous avons vu.)

«Les murs ne sont pas là pour nous arrêter. Je parle depuis vingt ans. C'est beaucoup. Le monde étend l'oreille comme un lapin. Je suis une souffleuse à neige. Mais j'agis sur le cerveau.»

La télévision s'est arrêtée. La robe ressemble à une chasuble noire munie de grandes manches pour les bras. D'ailleurs, l'un des bras est vert et l'autre blanc. Il n'y a que cette lumière dans la chambre. Et j'ai vu que, ce matin, le café comportait plusieurs bulles. C'est un signe que la nuit sera féconde. C'est aussi inexplicable que, lorsque je vais aux toilettes et que je me mouche, j'urine davantage. Les bras sont très hauts de chaque côté des oreilles. Elle est belle comme un oiseau. Comment l'appeler? Les cheveux descendent très bas. Je la vois mieux quand je suis couché sur le dos. C'est comme si je flottais dans un bain dont je ne connais pas le liquide. La tête tourne facilement à la façon d'une bouée. La chaleur vient peut-être de la fenêtre qui est sale. L'odeur descend le long du cou, dans les dents, et glisse à peine sur le cerveau comme du savon. Je suis peut-être un arbre couché dans une piscine. Et Geneviève? Elle est de plus en plus blanche. Je suis sûr maintenant qu'il ne s'agit pas d'un cheval, mais bien d'une femme. Celle qui arrive à la fin du repas. Comme un dessert. C'est certain que la folie nous occupe beaucoup.

Geneviève s'est remise à écrire. Qu'est-ce qu'elle peut noter? C'est l'attirance. Comme un numéro de téléphone qu'on voit sur un mur. Aucune réponse. On continuera d'appeler pendant longtemps. Puis on se rend compte que c'était un mauvais numéro. Geneviève est belle. C'est la guerre qui fait qu'elle a les seins pointus et fermes comme des obus. Les femmes des soldats se rentraient des objets jusqu'au ventre. Même si ça ne fait pas partie de cette histoire. Avec des seins comme ceux de Geneviève, on a de l'ouvrage en masse. Mais on vit tous dans le fond du temps, au bord de la paix. C'est déjà plusieurs femmes à aimer. J'appellerai l'autre femme Catherine.

En automne, ça fait du bien de manger la soupe très chaude. C'est comme si ça faisait partie de l'été des Indiens. Geneviève a un estomac d'oiseau. Le silence est donc plus court. Nous sommes sourds moins longtemps. Faut dire qu'aujourd'hui les oreilles sont très occupées. Les bruits rendent le silence de plus en plus effrayant. Je suis donc certain que la vitre était bien sale. À moins que la nuit soit tombée un peu vite. C'est difficile à supporter, tous ces oiseaux qui s'en vont dans le Sud. Il y a aussi les gens qui rentrent de bonne heure. Le froid s'est installé dans la rue. Il a vidé les arbres pour une bonne partie de l'année. Geneviève hésite toujours au début à déposer ses mains à plat sur la table. Elle a peur du froid. Ou peut-être du silence. C'est ce qui m'a fait peur à Sainte-Rosalie. Tout arrive à l'avance même si c'est un village loin du fleuve. Le fleuve au moins annonce les choses, mais en pleine terre c'est difficile à dire.

La soupe, donc, était bonne. Réchauffante. Même si le printemps est bien loin encore. Tout est crispé, même les arbres. Crépus. Mais il y a une chaleur sur la table où Geneviève vient tout juste de poser les mains. Le vent s'est arrêté de courir, les deux bras pendants. C'est pas tous les jours que le vent du Nord a les doigts lisses. C'est aussi un signe que le froid est très sec. On est loin de la pelouse verte ou même jaunie. Midi est aussi gelé que le matin, en plein centre de la ville. Mais pour l'instant nous sommes à Sainte-Rosalie et à chaque bout de la table. Nos épaules sont surélevées à cause des mains posées à plat. La tête a l'air de rentrer dans le cou. Une grange dont le toit est tombé à l'intérieur. Une carie.

Geneviève me demande s'il faut prononcer des paroles. Je dis que le désir est satisfaisant. Le rêve suffit. Nous allongeons nos bras pour nous toucher le bout des doigts. Même si le dessus de la main est

25

sec, sous les doigts c'est humide. Le sang circule par plaques. Comme une goutte de froid. Le bruit de l'herbe est vite repérable. C'est le temps de commencer. Il est à peine 9 heures du soir. Tout le monde regarde la télévision. L'Amérique s'imagine.

«Je suis la Guerre. J'attends que le premier meurtre s'organise ici pour que mes seins servent à quelque chose. Je résiste à toutes les paix. Tous les peuples libres ont fait appel à moi dans leur histoire. La Paix est une femme dont je m'occupe particulièrement.»

Je me souviens de ce poète, fumeur de pipe, qui en une seule nuit a écrit son œuvre pour faire semblant qu'il tenait le temps. Geneviève a allumé une chandelle. Je trouve qu'elle a raison de mutiler l'espace. La fumée fait un brouillard qui sèche les narines. C'est une forme de chaleur très peuplée. Les insectes y seraient à l'aise, même l'hiver. Car, l'hiver, les odeurs sont difficiles à rejoindre.

Qu'est-ce qui peut trotter dans la tête de Geneviève? Elle est comme l'écorce, il faut l'ouvrir pour savoir. Comment reconnaître l'odeur d'un travailleur, par la tête? Je sens que tout est lent; même le grincement des idées. Comme l'odeur du savon liquide à Sainte-Rosalie. On n'a pas encore rentré les vaches pour l'hiver. Il y a longtemps que les oiseaux sont partis. Les nuits sont très claires. Il faut s'y rincer la tête. J'entends Geneviève ronfler. C'est un ronflement transparent, sec. Le rêve de Geneviève est détrempé dans l'automne québécois. Elle besogne dans sa tête encore une fois. La ville a commencé à s'embuer dès 9 heures ce matin.

Pourtant la soupe m'a réchauffé. Les cigarettes percent le froid, ça pétille dans la moustache. Ma tête est une bouilloire assez peu tranquille. C'est à peine si j'entends les pneus d'hiver et les crampons. On dirait que, pendant l'hiver, seule la couleur bleue est disponible. Le travail se fait à reculons. On dort comme des ours, même si les jours raccourcissent. On attend la neige, parce que la nuit gèle. Ça fige les lèvres de Geneviève. L'air sec et froid lui colle les narines. On boit plus en hiver qu'en été. On s'attise le dedans pendant la chasse, la raquette et le reste...

Pourtant Sainte-Rosalie n'est pas un village inutile. Il n'y a jamais eu de miracle mais il est habité d'une étrange façon. Sous les feuilles sèches on ne sait pas trop comment faire les rencontres. C'est comme une blessure après qu'on a enlevé le pansement. C'est pour le moins curieux et surprenant. Sainte-Rosalie est un village délicat. On y bascule les idées neuves. Tout est sombre. Pierreux. La noirceur y est de mise. Geneviève est frileuse. Il fait froid sur la table. Une maison de pierres n'est jamais complètement isolée. La soupe a rougi et enflé nos mains. C'est le climat, et ça fait partie de la race.

Pour le cheval, c'est un saut de routine. C'est facile, d'ailleurs, de repérer le centre de la table. Tout commence par là. En automne. Pendant qu'il fait froid et parce qu'il fait froid. On n'a pas d'autre chose à faire que de rêver. On se grassouille la tête. On s'en va à la campagne. Peut-être à Sainte-Rosalie. C'est une façon de ne pas mourir. Même si on a froid. Même si le bois est sec. Le cerveau possède des rondins moins solitaires. Il faut y aller.

Le cheval est encore passé à toute allure. C'est le signe que l'hiver est très proche. Du silence à pleins champs; l'herbe ne bouge plus. Seules les têtes des orignaux se promènent sur le devant des voitures.

Il faudrait, un jour, se faire empailler la tête. L'absence de mouvements est un excellent exercice pour la mémoire, c'est la vitre salie, le dépôt dans la machine à laver. Le froid, quand il est apprivoisé, n'est qu'un liquide épais. Les oiseaux importants ont pris le large. Tout le monde se dit que ça peut pas être pire que l'an passé. Même les loups d'automne n'ont pas réussi à se trouver une originalité particulière. C'est mauvais signe.

Il y a longtemps que je n'ai entendu des scies se démêler à travers les arbres. Tout est gris: même le cerveau. Nous nous touchons les mains. La nuit est là. Je n'aime pas casser un repas. Surtout par un temps pareil. C'est un temps à se conter des peurs.

La première peur, c'est que Geneviève est amoureuse d'une femme. Il n'est pas facile de bien se toucher quand on a les mains à plat sur la table. On s'en va plus vite dans son cerveau. On oublie que l'herbe est un médium de plus. L'espace s'allonge. Les mains se frôlent comme une confidence. Du bout des doigts on voit tout, c'est un pâturage qui s'égoutte dans la salive. On se referme, pensant que la vie n'existe que dans la tête. Puis le nid se fait plus pressant. C'est une trace que fait Geneviève et c'est tant mieux. J'y enfonce mes skis pour une descente superbe. On sent que la vie s'en vient au grand galop. Sainte-Rosalie est un village à la campagne et qui cherche comment il peut devenir une ville. Le premier occupant c'est l'herbe folle. Avant que le village ne devienne fou d'habiter un endroit pareil, il a osé faire la vie.

Maintenant à Sainte-Rosalie, comme partout ailleurs, les draps de lit restent propres. C'est le commencement de la fin. C'est la grande civilisation. Le foin est dans les granges. Le vent ne sait plus qui trahir. On conserve les ruines. On a été faire la guerre dans les vieux pays. C'est le gel. Le plâtre est mort depuis longtemps. On s'en sert pour fabriquer des ornements funéraires, ou des pipes pour les vieux avant qu'ils meurent. C'est difficile d'imaginer le reste. À Sainte-Rosalie, la soupe est bonne et l'air est frais. Le ruisseau ne tourne pas au sec en été. L'eau est un bruit dont on n'a pas perdu la mémoire. C'est comme le vent: il a perdu le souffle. C'est le seul endroit du monde où l'homme est fou. Je pense que le soleil demande la permission avant d'y venir. On chauffe de l'herbe. La vie s'ouvre comme une bouche qui attend depuis longtemps.

Geneviève est immobile. On ne doit pas rater le café. C'est le moment le plus important du repas. Une longue soirée vient d'entrer dans nos bras. Je sens qu'on n'a pas besoin de se parler. Mais on est là pourquoi au juste? Nous sommes un peuple embrouillé par l'histoire. C'est notre question de vie ou de mort. Pendant que nous avons le dos courbé, c'est l'automne. Ça sent le frais. Le silence est assez nonchalant pendant de longs jours. La terre s'agrippe au soleil; comme nous. Mais nous sentons bien qu'on tombe dans l'inertie. «L'hiver va être long.» On répétera cette phrase jusqu'à la fin. On dira d'autres phrases, d'autres paroles autour. Quand la mort s'installe dans les arbres, il est difficile de parler d'autre chose. On s'encage alors derrière les chassis doubles et on remonte le chauffage. Le pays est en pantoufles près des nappes à café. Il y a très peu de couleur dans les vêtements.

Ce sont les femmes qui nous indiquent si l'automne est une saison douce. Geneviève, par exemple, commence à moins parler dès que le froid arrive. Elle s'emmitoufle dans sa fourrure et ne pense qu'à la chaleur. Tout, pour elle, devient pratique. L'espace à courir pour prendre l'autobus. Réchauffer l'auto avant de partir. Elle calcule même les retards à l'horaire des trains. La viande congelée est désormais interdite. Si je la laissais faire, elle irait jusqu'à exiger que toute boisson soit chaude. Des fois, je pense comme elle. Quand je rentre transi, séché à froid, j'ai souvent la tentation de prendre des boissons chaudes. Si je voulais exagérer, je dirais que faire la vaisselle dans l'eau bouillante est un bienfait qu'on apprécie à deux. Geneviève ne comprend pas. Pourtant comment se fait-il que, tout jeunes, nous pouvions passer des journées entières dehors? Le froid et le gel ne sont pas des saisons contre l'enfance. D'ailleurs la mort pendant l'hiver a quelque chose de ridicule. Il faut attendre au printemps pour se faire enterrer. Un enterrement en hiver ça n'existe pas, même à Sainte-Rosalie.

Ça va plus loin. Elle dit que les fruits, les légumes ne sont pas frais. Si c'est bon, c'est un pur hasard. Si c'est mauvais, c'est normal puisqu'on n'est pas dans la bonne saison. De toute façon, c'est la faute du climat. L'hiver, on n'a aucun regret d'être obligé de faire fonctionner le foyer. Ça devient un territoire habitable. Voilà pourquoi, me dit Geneviève, les foyers sont en demande. Le bois mort au moins ça réchauffe, même si ça ratatine avant de mourir. C'est comme un bout de gencive sans aucune dent. Le silence est rarement un sifflet quotidien.

Les débuts d'une saison sont toujours pénibles à bâtir. Ici il faut s'apprivoiser quatre fois par année. C'est plus facile au printemps quand les oiseaux reviennent. Mais l'automne on se sent tout seul. L'été est rendu compliqué: à cause des touristes, on ne se sent plus chez nous. On se sent de trop. La neige doit avoir la même sensation quand elle arrive. De toute façon, la terre ne pourrit qu'au printemps comme partout ailleurs. Dans un tel pays, la mémoire n'est pas facile, mais les peurs sont grandes. On ne s'habitue pas plus aux incendies de forêt qu'aux tempêtes de neige. C'est peut-être un signe de jeunesse. À Sainte-Rosalie, par exemple, on n'a pas encore pris l'habitude de parler des grandes villes: c'est un signe de distance et de santé. La mode va rester longtemps dans les revues. Pourtant on a compris l'âge de la carte postale et du coin de pays. Et quand on arrive en ville c'est tout un événement, puisque tout est changé. De la coiffure au talon, la robotisserie s'installe à plein. On a l'air du monde jusqu'à l'ennui. C'est alors que l'oubli devient un lieu urbain et que les odeurs sont un conflit. On n'apprivoise pas plus les narines que le cœur. Ainsi le parfum est une odeur de dimanche à Sainte-Rosalie. Le blanc, la couleur de la grand-messe.

Geneviève a fini sa soupe. Le vent a refroidi la mienne. Nous reprenons nos mains. Le bruit des insectes n'est pas familier. Il faut vraiment du courage pour s'asseoir à table en plein champ. Il ne suffit pas de brouter l'espace, mais aussi se le rentrer dans la peau. Geneviève me semble aussi frileuse que la table où nos mains se sont de nouveau bouturées. Nous recommençons de fermer les yeux pour bien sentir tout ce temps nous entrer par les oreilles. Le cheval s'est remis à tourner en rond autour de la table. Il nous encercle de plus en plus vite et c'est fou comme nous avons de la misère à tenir nos mains sur

31

la table. Plus nos mains sont pesantes, plus le cheval agrandit le cercle. Bientôt, il me semble que tout le village va nous tourner dans la tête. Geneviève s'est mise à rire. C'est un rire nerveux, gênant, par secousses de gorge. Elle me dit: «Tu entends l'oiseau?» En effet, je suis sûr qu'il y a un pinson sur la tête du cheval. Il fera donc un dernier tour avant de partir vers le Sud.

L'herbe sent bon et je ne sais plus si c'est le soleil ou la lune qui réchauffe le plus. Les grillons font comme une balayeuse électrique en dessous des orteils. Je pouffe de rire. Le cheval va sauter une autre fois par-dessus la table et c'est un ange qui va venir nous soigner. Nos mains ont la vraie chaleur de l'attente. Nous allons bientôt nous remettre à rêver. Nous sommes au bout du pays et la ville a chaviré dans le grand cercle que le cheval a tracé autour de nous. Nous sommes en plein soleil et en pleine lune. C'est l'automne au pays. La terre est dure à Sainte-Rosalie. Le froid fige la peau. Les oiseaux ont pris le large. C'est comme si nous étions à la fin d'une guerre. Les solitudes et les silences sont grands. Il n'y a plus de villes. Et ce sera ainsi tout l'hiver. Les tribus deviennent célibataires. Les animaux vont sortir en plein froid afin d'aller se battre pour la nourriture. L'entourage va devenir une ride sèche. Il n'est plus question de descendre dans la rue. Les chiens vont cesser de japper pendant six mois. Nous entrons dans l'écurie. La mort ne se fera plus au grand jour. Elle s'installe dans les maisons, au chaud. Le silence est la meilleure souche pour passer l'hiver. Le pays se décharne. Les chiens ont laissé les fentes au bas des portes et se rapprochent de leurs maîtres. Les gros tas de feuilles ne sont plus mous. C'est le temps où le vent casse les branches. Leur grincement devient aussi familier que celui du chat. Les mouches emprisonnées par les fenêtres vont s'étendre dans la mort pour six mois. Même par grand soleil, elles seront indécises à revenir au monde. Sainte-Rosalie se met en conserve. La seule route ne va plus s'enrouer de voitures. On va continuer à écouter la ville à la radio et à la télévision. Les vieilles vont penser aux fils qui ont quitté le pays pour aller geler en ville. Elles vont relire les lettres des années précédentes parce qu'il en vient bien peu. Et même si elles mettent le verrou aux portes, elles ne dormiront que d'un œil. L'espoir se comptera dans les jours qui séparent les grandes fêtes: Noël et le Jour de l'An. Par habitude, les vieux ont nettoyé les fusils qu'ils accrochent près de la porte arrière. C'est vraiment la saison de la mort. C'est un vrai pays de fous. C'est vraiment le bout du monde. Je dis à Geneviève: «Mangeons». Même si je n'ai pas faim. Nous sommes en octobre. Je rêve à Sainte-Rosalie. L'hiver n'est pas près de passer.

LA DEUXIÈME PORTE

La soupe nous a fait du bien. Nous avons presque oublié qu'il fait froid dehors. C'est descendu comme un liquide épais et chaud. Rien qu'à se moucher, on ferait un îlot dans le vent. On brûlerait l'air avec une seule parole. Nos joues se détendent; elles ont rougi et gonflé. Le sec a cédé sa place à l'humide. La nuit est tombée sur la fenêtre de la cuisine. J'ai pensé mettre mon doigt sur la vitre pour voir le cerne que ça ferait. Je reste assis à cause de Geneviève. Elle croirait que la vitre est sale. Je lui dis que c'est aussi important que de déposer nos mains sur la table.

Elle revient avec le souper. Manger nous réchauffe. Pourtant je sens bien que nous n'avons pas toujours la même glissade en nous. Geneviève est en pente douce. Moi je fonce dans mon cerveau comme un cheval. C'est pourquoi nous n'avons plus les mêmes lectures depuis longtemps. Nous avons bâti notre propre sécurité. Nous nous montrons que nous sommes encore là, mais il y a toujours quelqu'un qui traverse la table. Le centre est occupé de sorte qu'on ne se touche plus que du bout des doigts. Quand tout cela arrive, il faut savoir partir avant de prendre le café. Mais on résiste à l'habitude beaucoup plus longtemps qu'on ne le croit. C'est ainsi que j'ai mis beaucoup de temps à comprendre pourquoi il n'y a pas de soleil pendant l'hiver. Je suis convaincu que la lune doit nous suffire parce qu'elle donne le rêve au monde. À Sainte-Rosalie, par exemple, c'est la saison des contes et des peurs. Tout se passe la nuit car les grandes peurs n'atteignent pas le jour. Ce sont plutôt des catastrophes qui se passent en pleine clarté. Ainsi, quand un loup dévore de jour, c'est un signe de grand malheur et de temps mauvais. C'est pour ça qu'à Sainte-Rosalie, quand il pleut à boire debout, on dit qu'il fait «un temps de chien», quand il vente fort on dit que c'est «un vent à décorner les bœufs». Mais quand tout ça se passe pendant la nuit, la peur est grande et mystérieuse, parce qu'on tire le diable par la queue. On compte le bois et le bétail. On dirait que les deux vont ensemble. C'est un pays présent dans le temps. On y parle rarement de demain mais on rêve beaucoup. C'est d'ailleurs ainsi qu'on se tient en santé. Ici, comme partout dans le monde, on se cache pour bien manger et bien boire. Ce n'est pas coutume. Mais on y fait des chansons. Les jeunes à la ville, les vieux chantent au village. Sainte-Rosalie n'y échappe pas. Et toutes les fins de semaine à l'hôtel, on penche un peu plus du côté de la ville.

Geneviève ne parle pas. On dirait qu'elle écoute à l'intérieur de moi. Nous mangeons ensemble depuis assez longtemps pour comprendre le repas. Nous étendons les mains presque par habitude pour nous faire du plaisir et de la politesse. Et cette femme qui a traversé la table au beau milieu du repas. Geneviève ne sait comment la surprendre, la retenir. Il faut apprendre. Quand les doigts ne sont pas connus, c'est plus difficile. Quand les paumes ne sont pas de nous, c'est aussi inconnu qu'une forêt.

Pourtant je dis que tout cela est aussi beau qu'un arbre. L'écorce sera toujours au fond de nous, comme un oiseau qui ne prend plus le large. Il s'installe sur le dos et compte les étoiles comme un enfant. Il tentera à quelques reprises d'aller battre le vent. C'est inutile, puisqu'il a déjà entrepris la mort, de ne plus faire le voyage. Il faut être bien vivant pour partir, surtout dans le froid. Faut dire qu'ici les montagnes sont des pays, aussi longs que les distances intérieures. L'intolérable, c'est qu'on ne s'habitue pas au froid et à la chaleur. Il y a une distance de fous entre janvier et juillet, et c'est en dedans qu'on ne s'habitue pas. Alors on reste assis pour se bercer ou pour comprendre le pays immobile. Mais on comprend peu la distance entre l'eau douce et l'eau salée à cause du calme et de la routine, de la mort et de l'espace.

Geneviève possède cet œil du pays. Un œil jauni de bile et de gras, un œil mouillé par le fleuve et l'eau douce. Il y a aussi un fond de peur à cause des histoires qu'on n'a pas eu le temps d'apprivoiser. Un profond trou noir, long d'une rive à l'autre, qui s'accommode mal du temps que les autres ont conquis pour lui. C'est ainsi qu'on regarde passer le temps comme s'il ne nous appartenait pas. Sainte-Rosalie est un village où l'on a recours aux fantômes pour se faire de l'histoire. Et c'est de père en fils qu'on se transmet les plus grandes peurs. Quand les femmes du pays s'en emparent, ça devient plus fort que l'école.

Voilà pourquoi, Geneviève, tu étends mal les mains sur la table. Tu crispes les coudes et les avant-bras. Malgré les plis nerveux comme une patte d'oie. Ton œil est égaré. Tu en arrives à penser que ce pays n'est pas normal. Que toutes les maisons abandonnées l'ont été à cause du diable. Non, tu sais qu'il y a plus de vie dans le silence qu'à la ville. La mort est une maison meublée.

Elle a laissé dans son assiette un morceau de bœuf et deux carottes. Dommage que Geneviève ne puisse s'habituer aux chiens. Le tout va à la poubelle et ne profite pas aux bêtes. À Sainte-Rosalie, même les ossements sont récupérés par les chiens. Ce qui fait que les chiens sont plus calmes et aussi parce qu'à la campagne les chiens se connaissent tous. Leur territoire est grand comme celui de la chasse. En ville, chaque poubelle a son importance, même si je m'habitue mal à voir sortir les déchets à jour fixe. On a divisé le temps par sections. Ainsi on a un temps pour poser les chassis doubles, un temps pour les enlever. Un jour pour sortir les poubelles, un autre pour le marché, deux jours de repos, et l'autobus, et le métro, et la vie qu'on n'a pas le temps de prendre d'assaut. Même si la situation internationale ne nous intéresse qu'à la télévision, on réussit à s'arranger une vie assez agréable. Au moins nous avons de quoi manger, lire, écouter... L'amour est censé venir avec tout ça un jour...

Geneviève tourne son tablier comme un fumeur de pipe sape à vide. Elle n'a pas dépassé l'habitude qu'il nous faudrait un enfant. Pourtant la routine de la maternité est rendue à la poubelle. On réduit notre vie à nous: c'est une loi de la ville. On a assez de difficulté à vivre qu'on ne va pas mettre des enfants dans la misère.

Sainte-Rosalie a échappé à ce drame. On y fait encore des enfants. «C'est pas une bouche de plus qui va nous empêcher d'être heureux.» C'est le vieux

Jonas qui parle. D'ailleurs, il n'a que deux enfants et il se mêle dans les noms. Ma mère faisait la même chose. Et plus les aînés partaient vers la ville, plus elle nous appelait par leurs noms. C'est un signe de vieillesse et d'ennui. Une chambre vide dans la maison de campagne c'est aussi la mort. C'est comme être seul dans sa chambre en pleine ville.

Geneviève, quand elle ne me sent pas avec elle, tourne son tablier comme si elle tricotait notre espace. Geneviève c'est toute une ville. Moi j'arrive de Sainte-Rosalie. J'arrive avec des désirs fous que j'ai mijotés longtemps dans mon cerveau. Ça ressemble à de la violence tellement que le cerveau de Geneviève n'arrive pas à comprendre. Elle va accepter, bien sûr, d'étendre les mains sur la table, mais la vie passe très mal. Elle ne comprend pas comment une autre femme peut arriver au dessert. Pour moi, c'est essentiel comme le café qui repose si on le prend lentement. Il faut le siroter comme à Sainte-Rosalie. À la campagne, on parle très peu pendant le repas: on mange. Après, on rêve. On fait brûler l'herbe verte pour chasser les maringouins et autres insectes qui plongent, la nuit, chez l'homme. Puis le rêve s'installe dans la berceuse et dans la pipe. J'en ai conclu qu'on n'a pas besoin de télévision, parce que c'est le rêve de la ville. Il y a plus de rats en ville que de rats des champs. Sainte-Rosalie en est le témoignage vivant.

Geneviève insiste pour que je finisse mon assiettée. Je n'ai pas faim. Les carottes ne sont pas fraîches et les patates non plus. Le bœuf est à la mode de Sainte-Rosalie. C'est un dur métier que la mangeaille. Je suis comme un enfant; je commencerais toujours par le dessert. Mais, depuis que Geneviève s'est mise à compter nos calories et nos protéines, c'est pire qu'au collège. J'ai beau lui dire que, même au goût, le fromage peut remplacer la viande, elle est très sceptique sur mes calculs. Quelle vie peut-on mener ensemble? C'est la fable du bœuf qui veut se faire plus important que le fromage. Nous voulons bien essayer une deuxième fois.

Il n'y a que six doigts sur dix qu'on peut toucher. J'ai un peu de terre en dessous des ongles. Ce n'est pas une habitude de ville, puisque la terre s'y fait rare. On la cache selon un plan bien précis, préconçu. La terre est surprenante en ville. J'aime mieux les mains des gens de Sainte-Rosalie. Ce sont des mains larges comme ça, rugueuses et brunes. On a très peu de verrues à la campagne. Le froid aussi brunit les visages. Même dans leur tombe, les gens de Sainte-Rosalie on l'air en santé. Ils font de beaux morts.

Mais on a très peu le temps de s'occuper de ces choses. Surtout quand le rêve surgit. La vie vient chercher les gens n'importe où. Jonas par exemple était parti en forêt et il est revenu vingt ans après. Les gens ne l'ont pas reconnu, avec sa barbe. Il n'avait plus les yeux vides. Il s'est assis et très vite il a fait de la parole plein la pièce. Chacun l'écoutait en faisant de l'espace dans sa tête. Même les femmes avaient ralenti leur besogne. Jonas était à lui seul un pays, puisqu'il avait dompté la forêt et la montagne. Il racontait le sol comme jamais on n'avait su. Plus fort que les loups. Tout ce petit monde était attaché à la voix rauque et profonde. Tous les rêves en réserve se tordaient dans leur tête. Le pays était trop grand, on s'épuisait à le rêver. Surtout on avait besoin que Jonas nous aide. Lui, il savait comment ne pas s'enfarger dans le cerveau, comment décacheter chaque parcelle de la forêt, comment décoller la terre des talons. Jonas savait rouler ses cigarettes.

Geneviève, pour une fois, étend bien les mains sur la table. Nous allons atteindre les nuages. Soudain, une grosse orange roule au centre de la table. La pelure se détache d'elle-même. Mais elle est pleine de boue. Nous aurons les ongles sales. Le cheval s'est remis à courir. Le tapage devient de plus en plus grand. C'est devenu un souffle: d'abord très lent puis de plus en plus saccadé et fort. La tonalité haute ressemble à la voix d'une femme. Geneviève me regarde. Elle a peur, c'est sûr. La table est devenue noire tout d'un coup. L'orange grande ouverte est pleine de boue. Les cris de la femme maintenant. On dirait qu'ils sortent directement de l'orange comme d'une grande bouche de noyée. Geneviève retire ses mains vivement. Elle crie: «Arrête», comme pour parler à la voix. La table a été bousculée. Geneviève se reprend et dit: «Je vais aller préparer le café».

Que s'est-il passé? Nous rêvions mal. Il aurait fallu se toucher pour voir si vraiment il s'agissait d'un rêve. Ça faisait mal dans les hanches et dans le ventre. Les caresses étaient molles. Ma main se prolonge jusqu'à l'épaule. Là aussi j'ai mal, comme s'il me fallait échafauder tout le corps de Geneviève et descendre dans son sommeil. Refaire le sauvetage par l'intérieur et que les griffes du sang ne nous atteignent plus. Que le sang et la boue ne coulent plus par les yeux. Si au moins nous pouvions marcher dans les étoiles, au-dessus de la ville. Il me semble que ça nous arrangerait. L'automne est mauvais, mais le tabac est bon.

J'ignore encore pourquoi je pense tout à coup à ce renard roux que j'avais vu dans une cage à Sainte-Rosalie. Il avait la couleur des feuilles mortes; avec aussi un peu de gris aux moustaches. Mais c'étaient ses dents surtout qui mordillaient le grillage pendant que ses ongles se piquaient dans la terre. J'ai l'impression que Catherine pourrait ressembler à la femelle du renard: basse mais effilée, la tête comme un triangle, l'échine d'une souplesse et d'un ressort inouïs pour sauter par-dessus la table. Elle se coulera, se tapira, la poitrine remplie d'une haleine inépuisable. Elle m'emportera à pleine gueule, en travers de ses dents.

Geneviève a les yeux ardents et inquiets, dilatés par la peur que nous avons eue. Au bout de la table, elle semble dissimulée, seule la tête dépasse. Elle écoute, scrute mon regard et aspire l'air profondément. Elle ferme et ouvre les paupières comme pour aiguiser sa vue; elle avance la tête. J'aimerais bien que Geneviève devienne un oiseau, un jour. Une exquise Mésange Noire, au manteau vert et à la poitrine douce, au bec fort, ouvrant le crâne de Jonas pour en extraire le rêve. Parce que Jonas a une bonne tête à pommettes roses. Il dort toujours dans le même fauteuil, la bouche ouverte, les mains pliées sur le ventre.

Le café est prêt. Je le cajole déjà de la langue. L'odeur du café est un signe d'existence. Même quand j'étais couché au lit, malade pour trois jours, l'odeur de café me ramenait toujours à la surface. C'est ainsi qu'on ramena Jonas à Sainte-Rosalie. Son vrai nom était Joseph mais les gens l'avaient baptisé Jonas. Parce qu'au début de son mariage, après une grande colère avec sa femme, il avait bu pendant trois jours et trois nuits. On l'avait retrouvé dans le bois complètement ivre et à moitié mort. Les gens disaient qu'il avait assez bu pour naviguer aussi loin que «Jonas» pendant ces trois jours. Le nom lui est resté.

On déguste le café en silence. Geneviève a gardé cette habitude de se moustacher la lèvre supérieure quand elle boit. Elle ressemble aux enfants quand ils boivent de grands verres de lait: comme eux elle va s'essuyer avec le dos de la main grande ouverte. Jonas avait également gardé cette habitude. Quand il riait, le même geste servait à cacher les dents arrachées. C'était aussi le geste familier que nous faisions en cachette quand les tantes religieuses nous pinçaient les joues dans un bec apostolique et catholique. Ce doit être aussi le geste quand on boit le poison qui fera se détraquer la vie en nous. C'est sans doute ce qu'avait voulu faire Jonas quand il était parti dans le bois. Mais avant, souviens-toi, Geneviève, il avait pris une poignée de paille et il était entré dans la grange. On entendait des bruits d'ongles et de dents. Il alluma la paille et fit sortir les rats sous les charrettes et l'amas de ferraille. Il criait: «Allez manger à la maison». En secouant la clenche, il ouvrit la porte, large comme une vraie porte de grange. Les rats sont partis dans tous les sens, surtout en forêt. C'est pour ça qu'à Sainte-Rosalie on crut longtemps que Jonas avait été mangé par les rats.

Pendant que je parle, je sais que Geneviève rêve de fermes grasses, de ruisseaux, de caves pleines de légumes. Elle en parle souvent mais je sais aussi qu'elle n'aime pas Sainte-Rosalie. Elle a le sang trop pauvre pour vivre à la campagne. Pour elle c'est le désert, le trop calme, la vie de corvées. En ville, on n'éprouve pas la même fatigue et on s'habitue aux insomnies et aux crampes d'estomac. C'est un langage familier des édifices à bureaux.

Geneviève revient sur la terre. Elle me sourit comme pour s'excuser de son rêve. On recommence à boire à petites gorgées. Elle s'imagine encore qu'il y a un chat accroupi sur une branche derrière la maison. Les griffes sont sans doute très longues pour un tel saut. Ça me rappelle les photos qu'on avait trouvées dans la grange à Jonas. Beaucoup d'animaux. Un vieux porte-monnaie. À quoi relier tous ces visages, ces chiens et ces chats? Il y avait plusieurs chevaux. Aucune date, aucun nom: comment les reconnaître? Aussi des gravures et des dessins où seule l'ombre était vraiment apparente. Dans une autre section du porte-monnaie: cette date au milieu d'une grande feuille jaunie: 23 juin.

Jonas était-il le premier sorcier du pays? Pourtant, il avait entrepris les premiers mirages essentiels, de la naissance qui se met tout d'un coup en vie, de la mort innombrable au fond de la forêt, de la guerre, de la parole, du regard très loin et de la blessure camouflée. Il parlait avec autant d'aisance du pays des fourmis jusqu'à l'espace des corbeaux. On disait à Sainte-Rosalie qu'il avait les mains plus grandes que le cerveau et que c'est pour ça qu'il était parti.

Avec les enfants il était comme un dieu. L'invocation, le chant, devenaient un lieu de naissance et de repos. Il se gorgeait de complaintes du premier âge en dansant pour les enfants, il mettait la profondeur qui y fut nettement altérée et en insistant sur le charme et l'envoûtement. Il criait comme un vrai fou:

Nous n'irons plus au bois
Les lauriers sont coupés
La belle que voilà
Ira les ramasser...

Geneviève a peine à imaginer les gestes à poser sur le visage, la poitrine et le ventre. Le ventre est comme le centre de la table. Geneviève s'étendrait de tout son long. Le magicien demeurerait un peu à l'écart en criant des invocations. Et le grand mirage serait en train de venir au monde. Le cheval n'aurait pas encore atteint l'âge de la marche comme Catherine. Il ramperait en chantant pour se lever peu à peu: d'abord dans une danse grotesque où tout ne serait que boiterie et d'où la parole serait absente. Les sons devraient venir des gestes posés. Chaque geste apporterait avec lui le bruit auquel il correspondrait. Ce serait la première germination de Geneviève et de Catherine. Il nous faudrait nous abreuver de café pour germer. Je sais que ce sera un temps bien rude et plein d'angoisse. Tout le déséquilibre du soleil de Sainte-Rosalie se posera sur nos têtes pour ébranler notre cerveau. C'est alors que nos cerveaux s'étoufferont comme avec une arête de poisson. Jonas toussera de nouveau pour se dégager la tête. Retrouver ce premier geste de la parole, le premier son de l'homme, ce cri de toussotement; celui qui précède la marche vers le véritable cri qui fait naître la parole de Jonas.

Geneviève sentait qu'il devait y avoir un rituel à suivre pour retrouver ce qui sépare ce premier cri et la voix devenue parole. Comment réunir ces gestes et ces mots, comment leur donner la clairvoyance de la lumière? Tout est empilé dans le cerveau comme dans une étagère avec les êtres qui portent ces mots et ces gestes. Si Jonas était ici, sa parole s'enfilerait bien dans l'oreille et descendrait habiter nos tempes. Car il mettait comme de la levure de bière dans le cerveau des enfants. Il possédait le ravin nécessaire à ce partage. Geneviève saurait sans doute un jour.

Elle s'est assise par terre et défait un à un les boutons de sa chemise. Elle prend ses deux seins dans ses mains et les frotte comme une bombe. Puis ses mains remontent du ventre vers le visage. Elle a encore son curieux sourire. Alors très doucement et très lentement, elle se frappe le ventre avec ses poings. Il me semble entendre les enfants chanter avec Jonas. Les coups deviennent de plus en plus saccadés et le cheval s'est remis à courir autour de nous. Geneviève a commencé à geindre. J'ai peur que le cheval la frappe en sautant par-dessus la table. Ce sont des cris maintenant. Plus les coups se font nombreux, plus les cris s'entendent longuement. À la fin ça ressemble à un double gémissement comme s'il y avait deux femmes qui criaient dans Geneviève. Deux voix régulières et continues. La beauté des cris n'en est qu'à ses premiers rayons.

Le médecin vient juste d'arriver du village voisin. Il a dit: «Je vais lui prescrire un somnifère.» Je pense que la première chose qu'il faut apprendre à Geneviève c'est le réveil. Je me mets à genoux au bout de la table et place mes deux mains au-dessus de sa tête. Pendant ce temps le médecin n'a pas cessé de parler: «Vous allez vous reposer... Vous sentez une lourdeur dans votre tête... Vos paupières veulent se fermer... Vous commencez à dormir... Vos paupières sont très lourdes... Le sommeil entre en vous... Vous dormez... Dormez... Dormez...»

Il me semble que Geneviève est venue s'étendre sur moi. Seul, le médecin reste à l'écart. Je suis sûr que je ronfle. La respiration de Geneviève remplit la chambre d'une chaleur incontrôlable. Son souffle se répand sur moi comme une grande planche. J'ai l'impression que Geneviève me respire entièrement. Elle enlève l'eau de ma tête, de ma poitrine et de mon ventre. Le vent est sec et froid. Il produit des sons très sourds et longs comme nos jambes. Tous les matins je sais qu'il faudra faire dix clins d'œil et danser avec les enfants la chanson des bois. Pendant ce temps, le cheval tournera en cercle autour de nous. Je serai à plat ventre et Geneviève sur le dos en attente. Ce sera la même chose qu'avec Jonas: on déposera un drap noir sur chacun des gestes. Je crois que nous dormons profondément au fond de nous. Sainte-Rosalie est un village endormi. Voilà que la terre n'a pas encore été tirée du sommeil. Voilà que le temps n'est pas au monde. C'est comme si nous étions au centre de la terre. Nous sommes en germination dans le froid en plein automne.

Pendant trois jours, un vent fou a rempli les fentes de maisons. Quand cela arrive, les gens de Sainte-Rosalie se mettent en cercle près du poêle, comme pour enfermer la peur. Dehors, Jonas se rentrait la tête dans les épaules et poussait sur le vent pour le ramener en forêt douce. On écoutait les vieux qui parlaient d'un temps que personne n'avait connu; où, pendant un soir de criants orages, le clocher de l'église était tombé. Cette journée s'inscrivit dans les annales liturgiques comme la manifestation du démon. Une «épreuve» par laquelle Dieu avait signifié sa colère. Certaines familles pensaient quitter le village pour la ville. «Quand le diable s'installe dans un pays...» Ce n'est que beaucoup plus tard qu'on commença d'inventer l'histoire de ce pays. Dans l'épreuve, les gens sont silencieux. Les rumeurs à Sainte-Rosalie naissent à partir du passé. Jonas disait: «Quand les enfants d'un pays ont peur d'aller à l'école, c'est qu'il se passe quelque chose de grave». Et, comme il avait fait la guerre, il ajoutait: «L'ennemi invisible est le plus redoutable». Il reprenait ainsi les propres paroles du curé.

Mais ça ne durait jamais longtemps, car avec le temps on finit par écourter les prières, les femmes deviennent moins frileuses, et les enfants se font une joie de tuer les fantômes. Ils en inventent pour faire peur aux filles. Une simple plume devient un aigle et la mousse de poussière est une souris. Chaque bruit inconnu cache un monstre. La peur devient un lieu habitable, les étoiles retournent loin dans le ciel et le rêve s'installe à nouveau dans la tête des enfants. Sainte-Rosalie redevient un village tout simple.

Geneviève aimait cette simplicité. Comme tous les gens de la ville, la monotonie de Sainte-Rosalie lui était délicieuse, exempte de toute préoccupation et inquiétude urbaine. Même la senteur de la terre lui faisait du bien. Les petites écoles, les congés pour les récoltes, faire les foins... Elle aimait Jonas parce qu'il renfermait en lui tout le pays. Il disait: «En ville, tout arrive, ici, c'est l'attente». Elle aimait son rire, sa danse avec les enfants, ses yeux. «Il est beau comme un pays», disait-elle. Jonas, conscient de cette force, avait une fierté crêtée comme un coq. Il était à lui seul la nature, la campagne, le village. C'était le phénomène touristique de la place. Geneviève aurait fait une saison de camping dans la tête de Jonas. Il était donc pour elle la terre natale, celle dont on se souvient pendant tout l'hiver.

Elle se réveille, comme une morte qui revient d'un long sommeil habité de combats. Elle s'était retirée du monde en cercle dans son ventre. L'enfant ne viendrait pas de sitôt, du moins pas tout de suite. Un enfant en circuit fermé tout maigre dans un ventre obèse. Une espèce de fœtus qui envahit à la fois le sein de Geneviève et sa tête. Un bout de vie dans le fond du cerveau de Geneviève, et qui fait une forêt de paroles retranchées. Des conversations clandestines entre femmes. Une surprise à ébruiter en temps et lieu. Pour les félicitations ou la maladresse nocturne après le travail de l'homme. Je suis sûr que Geneviève aurait pensé aux victuailles, à la mangeaille économique. Les colporteurs aux fesses en invasions calculées par ordinateur. Puis les longues soirées à écouter, regarder dormir cette petite bouche muette et sourde. Le traitement en commun des problèmes et des prouesses. Isolés comme à la campagne, blottis dans l'ennui, surveillant portes, fenêtres, armoires, clous, épingles, bouteilles... Écouter les histoires de mères poules, retenir son rire et ses éclats de voix. Ne plus respirer comme si l'enfant amenait la sénilité. «Pourquoi ne veux-tu pas un enfant?»

Parce qu'il aura le nez de sa mère et qu'il respirera la pollution. Parce qu'il aura les oreilles vertes, une tête de robot, une bouche d'égout, un ventre creux, des pieds de nez... et surtout parce que je ne serai pas capable de lui apprendre à aimer.

LA TROISIÈME PORTE

Le magicien a fait coucher tous les gens de
Sainte-Rosalie sur le dos, en cercle autour de lui. Le
Soleil. Les hommes viennent de se mettre à plat
ventre tandis que les femmes demeurent à l'écart.
Jonas a étendu un grand drap noir sur deux d'entre
elles. Tous semblent être dans un profond sommeil.
Nous sommes un peuple endormi. Ça fait drôle de
voir tout le village étendu et noir dans l'automne.
Soudain, un craquement sec de foudre. La neige
commence à envahir le haut du village et imprègne
les maisons. Les matelas se durcissent, les couvertures deviennent de plus en plus raides. La fumée
étouffe les premières têtes au nord. Chaque tête semble se détacher avant d'entrer dans le cerveau.
Sainte-Rosalie a les yeux à la renverse. Il me semble
qu'il y a des crochets dans les oreilles des bouchers.
Les femmes sont soulevées par les hanches et les
hommes écrasés par la nuque. La neige fait glisser
les gens de Sainte-Rosalie, un à un, devant moi.
Chacun rentre chez soi, plein de neige, de boue, de
suie, de charbon et de terre. Seules les deux femmes,
sur lesquelles Jonas a étendu un grand drap noir,
demeurent.

Elles font entendre des voix lentes et sourdes.
Les voix deviennent de plus en plus pressantes. Est-

ce encore des cris? J'ai de la difficulté à entendre parce que je vois mal. Il me semble qu'il y a plein de crochets autour de moi, qui se mettent à tourner, tous ensemble. Je suis au centre de ce manège, au centre de la table. Puis les deux femmes commencent à rire. Un rire atroce. Personne ne peut me boucher les oreilles. Elles crient. Non, c'est peut-être moi. Les crochets m'entourent maintenant. Je suis au centre de la terre. Ça pue. C'est plein de fumée. J'étouffe. Je crie: «Premier siècle, deuxième siècle,... vingtième siècle». Je me précipite sur Geneviève et Catherine étendues côte à côte pour enlever les draps noirs. Elles rient encore. Geneviève compte ainsi: «Janvier, février, mars... novembre, décembre». Catherine reprend plus fort: «Verseau, Poisson, Bélier, Taureau... Sagittaire, Capricorne». Personne ne dépassera le chiffre 20. Les gens de Sainte-Rosalie ne savent pas compter.

La voix de Jonas m'arrive de loin: «Nous avons tout pour commencer notre naissance. Le Temps, le Sommeil, le Peuple. Des fous, des animaux, des guerres, des poètes, la terre, la forêt et la folie». Comment le sommeil va-t-il sortir de la tête de Geneviève? Je sens que ce premier geste secouera les oreilles et le cerveau mais permettra de mieux tracer les yeux. Surtout ne pas retomber dans le sommeil et l'ombre autour. Mais une lumière m'aveugle maintenant. Les gens de Sainte-Rosalie sont debout pour m'applaudir. «Je déclare que le cerveau est un muscle mou, un nuage atomique... une image... une route.» Des gens de Sainte-Rosalie n'ont pas de pieds. Je les vois plonger dans une grande cuve remplie de souliers. Chacun saisit un soulier et le tient sur sa tête. Jonas, au fond de ma chambre, crie:

«Pensons que nous sommes un cerveau au bout d'un pied.» Je suis surpris de m'entendre répéter avec les autres le mot «muscle». J'ai compté jusqu'à dix.

— «Je déclare que le pied est une longue vue.» Je me sers d'un soulier pour me cacher les yeux. Geneviève prend un soulier dans ses mains et pose la semelle sur ses seins comme pour marcher dessus. Alors elle se pile, s'écrase le ventre et les cuisses. Catherine s'est avancée pour déplier les seins nus de Geneviève. Elle caresse son ventre et ses cuisses. La paume de sa main s'humidifie sur le pli des hanches. Elle revient lentement sous les seins. Le poil entre sous les ongles, elle caresse maintenant avec le dessus de la main. Le bout des doigts est doux comme les jointures. Elle pousse ses doigts dans le ventre près de l'enfant. Jusqu'à faire mal à Geneviève. Les lèvres sur les gencives, Geneviève ouvre lentement la bouche de Catherine. Elle suit la peau de Geneviève jusqu'aux genoux, entre les cuisses. La caresse roule sur la langue. Le vent entre dans les narines grandes ouvertes, contourne l'oreille, circule sur la joue, frise les sourcils, descend près du cou, entoure les seins des femmes, effleure le ventre, presse les cuisses, croise le corps en entier, étire les cheveux aux épaules, cabre les hanches, force les mollets, mouvemente le dos, déplie jusqu'aux gris des tempes, ouvre la femme. Catherine mange de la main, sape avec ses doigts, doucement, mastique les creux, se colle à Geneviève. Celle-ci masse le cou de Catherine. Je soulève les ventres, serre les corps, épuise peu à peu le souffle des femmes. Nous sommes en boule serrée, nous roulons vers le silence par des cris saccadés, nous nous léchons avec nos doigts, nous soudons nos dents ensemble. Catherine presse Geneviève, elle saute dans ses hanches. Nous serpentons ensemble sur nos jambes, nous nageons en plein délire, enroulés, pliés ensemble. S'aimer, se naître, s'accoucher, se venir au monde ensemble. C'est le plus bel instant du monde.

Ma tête n'a pas dérougi pendant tout le sommeil. Geneviève a fait le café. Elle me crie de la cuisine: «Lève-toi, la neige est arrivée.»

La première neige, c'est la plus belle, la plus douce; j'allais dire la plus chaude. À Sainte-Rosalie, elle est beaucoup plus blanche qu'ici. En ville, elle jaunit vite sur les trottoirs et dans les rues, parce que les gens la foulent avec leurs pieds. Les enfants confectionnent des mottes en boule pour jouer à la guerre, certains en mangent. C'est bon de la neige fraîche. J'ai toujours pensé que le soleil s'en allait vers les étoiles, qu'il montait plus haut dans le ciel. (Où vont les chevreuils, l'hiver? Les enfants-lièvres ne gèlent-ils pas?) Le chevreuil broute des fougères peut-être. On peut dessiner sur les vitres avec nos doigts. J'ai vu à Sainte-Rosalie les fils de Jonas avec des patins en bois. Tous les oiseaux sont immobiles, le premier matin de neige, puis peu à peu chacun se risque à patiner dans l'air frais.

Un soir, après la première neige, Jonas est revenu transi chez lui, blanchi de la face. Il claquait des dents et ne pouvait plus bouger les doigts. Il a dit à sa femme: «Sers-moi un bon coup.»

— C'est fou de se geler de même.

— Il faut du gibier pour Noël.

— On mangera autre chose.

Le lendemain, Jonas repartit dans les bois. Il revint ainsi gelé pendant trois jours. Le troisième

54

jour, il prit son coup jusqu'au matin en criant que ça n'avait pas de bon sens un pays pareil. Le feu chauffait la pièce. Le froid sortait de Jonas et ça sentait le sapin. C'est un bois viril, mâle, il ne perd pas ses aiguilles pendant l'hiver et il sait apprivoiser la neige dans ses bras. «C'est une bonne odeur d'homme», pensait-elle. Demain les enfants vont se faire mal à se lancer des mottes de neige.

Je regarde par la fenêtre de la cuisine. Tout est blanc comme au pôle nord. Ça ne va pas durer. J'aimerais bien un jour partir avec Jonas à la chasse aux caribous. Pour l'instant, je savoure entièrement la sensation de boire ce bon café chaud. Il est 8 h 30 et la neige commence déjà à être plaquée sur le visage. Geneviève a mal au ventre, elle marche dans la cuisine, raide comme un soldat: ses coudes sont secs, le poing bien fermé et le pouce en parallèle avec l'index. Mais elle fait marcher les deux bras en même temps. Ça doit lui faire très mal tout ce sang qui veut s'en aller. Pendant trois jours elle roulera dans son lit avec un sac d'eau chaude sur le ventre. Je coucherai dans le salon et je n'arriverai pas encore à savoir si c'est moi qui ronfle le plus fort.

Elle se lèvera en pleine nuit. Assise et courbée en deux au pied du lit, elle va bouger les jambes pendant des heures pour serrer son mal. Puis elle tombera de fatigue. La douleur condensera le sommeil. Geneviève caressera son ventre pour calmer la peur.

Elle s'étend comme une grenouille, les jambes écartées. Puis elle se met à genoux, les bras levés au-dessus de la tête comme une télévision. Elle n'a pas voulu que j'éteigne la lumière. C'est pour ça que je suis allé coucher dans le salon. Elle se tourne sur le dos, les jambes grandes ouvertes. Elle replie les genoux sur le ventre. Ensuite elle se met à plat ventre, s'installe comme un fœtus. L'oreiller est bien rentré dans la nuque, les bras sont croisés en dessous des seins. Les deux poings fermés. Il peut arriver n'importe quoi. Geneviève est bien au chaud. Elle se berce le ventre tendrement, sans un cri. J'en profite pour lui ajouter une couverture sur les pieds et la couvrir jusqu'au cou. Les couvertures sont douces comme de l'eau.

Le premier exercice c'est d'apprendre à respirer pour engourdir le mal. Je sais que tout le monde de Sainte-Rosalie entoure le lit. On a l'air fou avec nos draps noirs. Jonas s'est déplacé vers la tête du lit. Pourquoi étend-il toujours ses mains au-dessus de ma tête? «Respirez profondément... Gardez votre respiration... Expirez... Expirez debout et bien droit...» Je n'arrive pas à me soulever. Je ne suis même pas capable de bouger la tête. Je ne sais pas si c'est ça la mort. Mourir debout, c'est impossible. Il faut apprendre à mourir. Alors on a entendu comme une voix: «Continuons de naître». Même à Sainte-Rosalie personne ne voulait apprendre à mourir. Tout le village s'évertue à venir au monde.

Il me semble que Jonas a crié: «Je vous ordonne d'être en vie». Il a dit ça puis il est sorti de la chambre. J'ai beau regarder les murs, il n'est plus là. Je dors mal. À moins que ce soit Geneviève qui me fait des peurs. On ne sait plus comment dormir... comment vivre... comment venir au monde. Il nous faudrait des oiseaux. C'est plus vivant. J'ai l'impression d'avoir allongé une jambe. Elle est peut-être seulement engourdie. Mais comment Jonas a-t-il réussi à faire entendre sa voix? Je pensais que les seins de Geneviève, c'était ce qu'il y avait de plus important. Et le sang entre les jambes, ça sert à quoi? La conception est un métier qui se perd. Malgré moi j'ai serré les poings encore plus fort sur la poitrine. Geneviève n'a pas bougé. Son sourire a l'air d'une douleur depuis un bon bout de temps. C'est sans doute un signe de naissance. Tout le monde est énervé dans la chambre. Jonas a été trop paresseux pour reprendre le refrain des enfants dans la chanson des bois. Il faisait des pas lents et lourds. Les deux femmes ont commencé à danser. Elles sont montées debout sur le lit.

Soudain tout s'arrête. Les gestes sont figés. Je suis assis dans mon lit. Je vois mal. Tout le monde a la bouche grande ouverte. On ose à peine penser qu'on n'est peut-être pas dans la bonne maison. On ne s'est pas assez empêché de dormir. Jonas riait très fort sans que ses épaules bougent. On a désappris à respirer d'un coup. Le souffle habitait seulement le nez. La bouche était au vide. Ils ont tous peur des frissons sur la peau. Est-ce bien le commencement du monde? Sainte-Rosalie se sauve. Il y a une momie dans le fond de ma chambre. Il faudrait passer un rateau sur les murs, comme si nous habitions dans le nombril du monde. Geneviève a une purgation qui lui sort par devant comme un incendie récalcitrant. Le vagin de Geneviève est une cabane à moineaux au fond d'une crevasse. Le sang s'y fraye un chemin avec des caillots comme des motons de neige. Elle aurait voulu se faire couper les jambes comme un arbre. Casser les os des cuisses. S'écorcher la tête comme une cheminée d'usine. Déguerpir de son ventre galeux et froid comme le pays.

Au plus dur de la douleur, il y avait comme du lait suri dans ses yeux. Ses narines se mouillaient comme une bête effondrée. Elle se bouchait les oreilles pour arrêter les fissures gonflées d'eau et de sang. Elle râlait continuellement. Je ne comprendrai donc jamais ces douleurs de femme. Le médecin lui avait dit qu'après un premier enfant c'était moins douloureux. Je demeurais assis au pied du lit, impuissant devant les pleurs de Geneviève, coupable de ne pas l'en délivrer. Je n'osais pas la caresser de peur que mes doigts deviennent des couteaux pointus dans le ventre de Geneviève. Elle dort, je crois. Comme une morte. Une momie. Elle est belle même si le sang se vide de l'intérieur comme dans un creux. Les couvertures ressemblent à des pansements sur une longue blessure. On dirait qu'elle n'a plus de jambes ni de bras. La mort en menottes. Elle n'a pas droit aux caresses. Seul un trou pour le sang. Les yeux ont coulé au fond de la tête. Son ventre n'enfantera pas. Geneviève ne connaîtra pas ce rituel, cette façon de continuer, cette formule de vie comme une parole qui permet l'enfantement. À Sainte-Rosalie, Geneviève aurait été voir la Grenon, sage-femme qui menait les enfants au monde avec une grande gifle du revers de la main. C'est pourquoi les gens l'appelaient: «La Mornifle». Ça signifiait également un terme de mépris car pendant un certain temps on crut au village que la Mornifle était sorcière, parce qu'elle s'accoucha seule de son premier enfant et qu'elle enfanta un monstre.

Comment Geneviève pouvait-elle revenir à elle, par la peur? Un jour elle devra enfanter seule. Dans sa tête. Elle devra trouver elle-même la formule. Comment déclencher la vie par en dedans et qui doit sortir entre les jambes. Elle prendra deux seaux qu'elle mettra au centre de la table. On fera une ronde avec le cheval et on chantera la chanson des enfants. Je prendrai une poignée de terre et je demanderai à Geneviève de verser l'eau du seau sur mes mains.

«C'est collant, c'est sale.» Unir les deux éléments les plus simples de l'univers. C'est le premier acte de l'homme. Puis en faire une forme. Une vie. Il faut nous concentrer davantage. Geneviève ferme toujours les yeux. Elle a la tête à la renverse. La tête collée dans le dos par les cheveux. Il nous faudrait aussi de la chaleur. Je souffle lentement sur la boue. La poitrine de Geneviève ferait un creux chaud. Nourrir la terre avec du lait. Placer ensuite la terre et l'eau entre les deux jambes. Étendre doucement les mains en plaque. Nous sommes au premier temps de la naissance. Voilà que nous nous sentons germer comme un pays. Puis il nous faut remplir la bouche de la momie sur le mur de la chambre. Avec la boue. Abreuver le mur. Appuyer sur l'oreiller gluant. Cogner avec les poings sur le mur comme une grande mornifle. Ce serait la création du monde. La naissance. Nous aurions accompli le premier geste de l'homme. Sainte-Rosalie serait sur la carte. Mélangé de terre et d'eau. Enfanté par nous. La première germination serait terminée. Nous serions en incubation dans le nombril de la terre, comme des poissons rouges.

Soudain je vois Geneviève et Catherine détraquer le lit comme de la terre décongelée. Catherine a pris de la terre dans sa main droite et dépose la vase autour de la bouche et sur les joues de Geneviève. Puis elle enduit ses seins de boue. On dirait qu'elle a la poitrine comme une orange pourrie. Elle continue d'en mettre sur les bras et sur les jambes de

Geneviève. On entend la voie de Jonas à travers la momie:

«Votre corps se nourrit de la terre. Vous aurez la vie. L'âme de la terre va entrer en vous. Vous allez germer de la terre. On récoltera votre vie. Votre sagesse. Vous commencez à venir au monde. Vous faites vos premiers pas au centre de la terre. (Catherine se colle sur Geneviève.) Vous devenez laves. Vous allez bientôt sortir vivantes de la terre, comme un beau volcan. Vous aurez la terre en nourriture pour au moins vingt siècles. Vous serez en vie. Vous serez le premier enfantement de l'eau et de la terre. Vous pourrez vous procréer, vous enfanter. Votre caresse sera intérieure. Les parfums seront dans votre tête. Vous retournerez au centre de la terre pour apprendre à devenir, à naître. Alors vous pourrez vous enlever la vie. Il ne faut pas croire que ce que vous faites existe. Seul le silence est en vie. La mort n'existe pas. Vous allez apprendre à germer trois fois par jour. Matin, midi et soir. Tout est dans votre tête. Il faut vous habiter. Vous vous reproduirez dans les fleurs et les oiseaux, les poissons et les reptiles, les mouches et les cigales. Vous serez l'eau, la pluie, la neige. Tout le liquide du monde coulera dans votre cerveau.»

Jonas a disparu à l'intérieur de la momie. Je crois qu'il fait beau dehors. C'est peut-être ce qu'on a dit à la radio ce matin. On dira la même chose demain parce que les gens de Sainte-Rosalie ont peur du froid.

Malgré la neige, nos hivers sont noirs plus longtemps le matin et le soir. Il faut y penser quand on veut prendre le chemin des bois. Les caches sont inconfortables. Les camps des bûcherons demeurent des cabanes tristes. Même si les gens se regroupent davantage en hiver, le froid sépare les peurs. Tout devient inaccessible quand on sort des maisons. La neige rallonge les distances. On dirait que même les chevaux perdent la boussole pendant l'hiver. C'est aux premiers temps du pays que les coureurs des bois ont commencé à signaler leurs déplacements pendant l'hiver. Sainte-Rosalie était un point de ralliement. C'est pourquoi le souvenir des aventures y est étrange et vaste comme la forêt.

Jonas était un des seuls habitants de Sainte-Rosalie à affronter les bois pendant l'hiver. On disait qu'il avait ses entrées dans quelques tribus indiennes. Sa force pour abattre les arbres et pour dessoucher était une légende de respect. Il partait presque toujours seul, sac au dos, calculant ses gestes et ses pas. Parfois il emmenait un chien avec lui. Mais il revenait toujours seul. On chuchotait dans le pays qu'ayant manqué de nourriture il avait dû tuer son chien pour le manger.

Avait-il une cache à lui? On n'a jamais pu la trouver. Selon l'habitude, il avait dû faire sa cache dans le creux d'une montagne, là où les crevasses sont plus chaudes en hiver. Comme un ventre de femme. Il faut être sûr qu'une cache n'est habitée que par le silence, que le vent n'y vient que pour avertir des poudreries et que la neige s'installe à l'entrée comme un iglou. Peut-être à chaque hiver devait-il déloger quelques loups. À Sainte-Rosalie, on aimait se faire accroire que Jonas avait dû un jour se battre contre un grand loup blanc et que maintenant les troupeaux le respectaient.

Pendant plusieurs années, Jonas ne revenait qu'aux pluies du printemps. Il disait que lorsque le

61

dégel s'installe en forêt l'homme s'enfonce comme dans la boue. Il sentait le bois et le loup. Il arrivait à la brunante, le dos mouillé, la barbe longue d'une main et avec des poux de loup dans les cheveux. Sa femme lui coulait un grand bain chaud, le lavait elle-même, lui servait un grand verre de «blanc». Mais ce n'est que le lendemain que Jonas recommençait à parler.

Il se levait très tôt pour sortir ses enfants du sommeil et les faire sauter dans le lit. Toute cette journée se passait en cris de joie et en courses autour de la maison. La femme ne parlait pas mais son sourire disait bien qu'elle avait pris Jonas dans son ventre toute la nuit. Les seins plus lourds, plus caressés, elle besognait en chantonnant. Elle se débattait à peine lorsque Jonas venait lui donner, en riant, de grosses tapes sur les fesses. Elle ne disait plus: «Attention aux enfants!»

Puis, quand Jonas partait pour l'hôtel où les hommes, avertis de son retour, l'attendaient, elle lui souriait comme si elle savait d'avance que Jonas ne pouvait garder pour lui seul tout cet hiver dans la tête. Alors elle sortait de l'armoire les belles bottines craquantes, achetées on ne sait comment. Jonas était beau comme un arbre. Il ne devait pas manquer son entrée à l'hôtel.

Les hommes boivent presque en silence. Déjà on a commencé à parler de Jonas. Plusieurs même plaignent sa femme. «C'est pas une vie!» D'autres ont un regard jaloux: parce que la forêt s'installe au pays comme des fourmis dans les mollets. Peu d'hommes ont le courage de partir. «Comment passer l'hiver sans femme?» Jonas entre en criant: «Salut, la compagnie!»

On ne se serre pas la main souvent dans ce pays. Tout se passe dans les regards. Ce n'est qu'après avoir bien bu qu'on va se taper dans le dos, qu'on va mesurer sa force et qu'on va se dépeigner les cheveux. Les hommes entre eux sont gênés de manifester leur ennui comme leur amitié.

On fait asseoir Jonas au centre du groupe. On remplit les tables de «blanc» et de bière. Puis Jonas se lève, solennel. Il prend une bonne bouteille de bière dans sa main droite. Puis il lève le bras gauche plus haut que sa tête en disant: «À votre santé!» Il faut voir descendre tout ce liquide. Jonas a l'air d'avaler toutes les sources du pays. Les hommes tapent dans leurs mains en criant «Iglou... Iglou... Iglou...» jusqu'à ce que Jonas ait atteint le fond de la bouteille. Puis tous applaudissent l'exploit pendant que Jonas se rasseoit en laissant échapper un rot viril comme un râle de loup.

Alors ça commence. Les questions sont nombreuses. Souvent Jonas ne répond que très peu.

— As-tu vu des loups?

— Des tas.

— Le chien que tu as emmené?

— Mangé par les loups.

— Beaucoup de neige?

— Oui, trop.

— Froid?

— On s'habitue.

Et ça va continuer jusqu'à l'aube. Tout y passera: les femmes, la gelée, la faim, le bois... À la fin, Jonas raconte des aventures qu'il a travaillées dans sa tête. La forêt devient une grande dame parcourue par les loups. Il donne à tous les hommes le goût de partir. C'est une belle soirée. Pleine de vie et de rêves. Puis les menteries, les exploits inventés, les histoires de ce pays cachent la vieillesse. À Sainte-Rosalie, les jeunes qui ne sont pas en ville écoutent les vieux dès l'âge de vingt ans. C'est déjà un signe de racines. Et quand les jeunes d'un pays s'installent pour écouter les vieux, ils n'en sortent qu'à la mort de ces derniers. Les jeunes à Sainte-Rosalie font de la musique ou du temps d'écoute. L'un ou l'autre n'est pas facile surtout dans un village dont l'étire ne se fait pas jusqu'à la mer, et qui est loin dans le temps. Comme dans tous les villages on rit des vieux qui ne parlent plus et l'on respecte la parole, ainsi que les jardins. Les gestes sont presque tous les mêmes. Les femmes en attente et les hommes aux champs. Rares sont les hommes qui, comme Jonas, reconnaissent les oiseaux de Sainte-Rosalie. On marche avec la cloche de l'église. On ne dit pas encore que l'on regarde la télévision. On veut vieillir lentement. Les seins des femmes tombent très tard: avec la danse et les enfants. Et quand la mort se présente, on n'oppose aucune résistance. Mais la mort est lente. On la cache, loin de la chambre des enfants, comme le sang des bêtes au début.

Jonas ne prenait pas l'âge au sérieux. Mais il revenait plus tôt de l'hôtel. Il ne criait plus contre le pays. Il avait appris à s'habiter comme un ours. Avec sa voix lente et durcie, pareille à la neige, il respirait plus fort, ainsi qu'une ronce, fatigué, et il obéissait à ses gestes habituels, comme une maladie de vieux. Il devenait aussi sourd que la neige et que l'hiver. On disait au pays qu'il avait commencé de fréquenter la mort.

LA QUATRIÈME PORTE

Geneviève sortit du sommeil vers 5 heures du matin. Lente et durcie. Blanche. Laide. Encore endolorie, mais soulagée, comme une grosse tempête qui a emporté une bonne partie de la terre. Les joues creuses et déracinées, le vagin démoli. Elle repoussa les draps dans un geste mou et laissa voir toute la fragilité de son corps et le sang sur ses cuisses. Une fois de plus elle n'avait pu devenir femme. Couchée comme une aube difficile. Presque affolée d'être au monde encore. La tête rentrée dans l'oreiller mouillé de sueur. Elle ressemblait à un tas de neige collant sur le matelas, une soupe au vent, une poudrerie atteinte de la plus grande lenteur. Maintenant fluide et dégoûtante de liquide rouge qui lui cassait encore les reins. Elle s'était pourtant calfeutrée la fente comme un chassis double mais le sang s'était insinué partout.

Il faut changer les draps. Catherine s'avancerait aux pieds de Geneviève. Elle caresserait les pieds pour monter lentement vers les genoux. Elle lècherait les cuisses rougies de Geneviève, puis elle viderait Geneviève de tout son sang. Alors elle l'embrasserait sur la bouche pour lui redonner la vie. Ce serait un geste beau et doux comme une descente de ski. La neige recouvrant le corps dans une poudrerie de gestes pour cacher le sang, et Geneviève garderait le silence au creux de son ventre. L'odeur deviendrait une nourriture comme une fleur en plein hiver. La respiration des deux femmes deviendrait des images dans la tête. On pourrait alors se reposer en respirant. Geneviève et Catherine auraient inventé l'odeur. Puis la musique avec leurs gestes. Nous aurions déjà beaucoup avec l'odeur et la musique. Il faut germer dans notre tête, entrer dans le cerveau, le rêve. Descendre dans le silence de Geneviève. Accorder le souffle du cerveau pour inventer la musique. Comme dit Jonas: «Les oiseaux inventeront l'écho quand ils ne pourront plus chanter.» C'est pourquoi les veines du cou sont importantes. Toutes les cordes seront vocales, comme les muscles et les levures. La terre sera la plus grande tisane. L'herbe agira comme une source entre la terre et l'eau, comme un pays long et large, en abondance, à délivrer.

Au bout de sa terre, Jonas parlait au vent et aux oiseaux: «Du lieu où vous êtes, regardez vers le Nord... vers l'Orient et l'Occident, car tout le pays que vous voyez, je vous le donnerai, à vous et à votre postérité. Ce pays a de grandes jambes et de longs bras. Ce pays est une femme.»

Il me semble que Catherine est entrée dans Geneviève, s'est faufilée entre les jambes, s'en est allée dormir dans le ventre de Geneviève comme une seconde germination. Il faut prendre le temps de bien germer. Geneviève s'est gonflée de tout son lait. L'usage de la parole ne peut rester tout le temps entre les mâles du pays. Jonas criait maintenant: «Celui qui changera la parole du pays sera puni de mort».

Catherine avait commencé à parler sur Geneviève, à petites gorgées, de peur que l'eau s'enfuie de la langue. À Sainte-Rosalie, on cachait encore les cris et les pleurs des enfants dans les chambres comme pendant les pluies jusqu'au jour où les enfants cessent d'être muets. Il n'est pas facile de recevoir la parole du pays, car c'est aussi un droit de propriété. Jonas affirmait que les étrangers, et surtout les Américains, étaient coupables d'outrage au pays. Il s'amusait parfois à inventer ses propres commandements:

Un seul peuple tu seras et le seras parfaitement
Une seule langue parleras sous peine de mort mêmement
Un seul pays tu libéreras et le feras prochainement.

Il riait alors en portant sa main sur ses gencives. Il aimait ses jeux de mots.

Geneviève a l'air d'une tempête maintenant. Elle secoue ses jambes comme pour les dégourdir de ces trois jours d'allongement. Je crois que Catherine a bien réparé les dégâts sur les cuisses et les draps. Le ventre de Geneviève semble détruit, emporté par le sang qui a coulé comme une débâcle. Il fait froid dans la chambre. Je ferme la fenêtre même si l'odeur du sang n'a pas complètement disparu. Les odeurs s'accrochent aux murs comme les flammes qui sortent du ventre. La toile ressemble à une feuille cassante. On grelotte, on se barricade les bras sur la poitrine, on se calfeutre le ventre et les jambes, jusqu'aux épaules qu'on renferme dans la laine, le froid s'insinue, on gèle encore.

Comment arriver à dormir quand les vitres de la chambre craquent comme des coquilles sèches? Le feu de foyer est impuissant, il mange le bois trop vite. La neige englue tout Sainte-Rosalie, même aux portes des maisons. C'est l'hiver avec toute la neige.

Dans les étables, les animaux s'écroulent à terre pour se faire un rond de chaleur au moins sous le ventre. Le vent gronde par les trous. C'est effrayant. On dégringole dans la peur à cause des bruits. À Sainte-Rosalie, j'ai entendu dire que ces bruits venaient des morts qu'on mettait dans le grenier des granges durant l'hiver parce qu'on ne pouvait pas les enterrer. Imaginez un peu; c'était pire que les mouches. Combien de mouches peuvent mourir de froid dans ce pays? Combien d'arbres? Combien de vieux?

C'est un temps où il fait toujours noir ou presque. De toute façon le soleil, en hiver, est moins jaune, plus blanc. On dit qu'il fait noir comme chez le diable. C'est le temps des grandes peurs. Il faut se pelleter un chemin haut comme ça pour retrouver la terre gelée. Puis on écoute la radio pour voir si durant trois jours les plus hautes bordées de neige n'ont pas été dépassées. En ville, les souffleuses à neige n'arrêtent pas. Jour et nuit les hommes transportent des camions pleins de neige vers le fleuve. J'ai l'impression que c'est pire qu'un ouragan. Les toits sont pleins, les arbres lourds, les fils électriques ont un corset de glace. Tout est engourdi sous la neige. La vie n'existe plus, l'automne est mort comme la terre. La glace et le vent habitent l'espace. Le soleil n'est pas près de revenir chez nous.

Jonas, raquettes aux pieds, allait marcher dans la montagne et revenait bleu, transi, séché. Il avait sorti son manteau de chat et son casque de poil. Il remontait son large collet par-dessus sa tête. Il n'allait pas loin du feu, parce que sa femme le regardait par la fenêtre de la cuisine. Il revenait souvent avec un lièvre gelé. Les murs s'étiraient lentement. Jonas souriait. Il avait été le premier à sortir. Le premier à faire entendre sa pelle. Le premier à avoir cassé la glace des murs.

Geneviève respire plus lentement, toujours durcie par la douleur. Le médecin arrive vers midi, enneigé jusqu'au cou et grognant tout seul. L'œil de Geneviève avait commencé de chavirer dans l'hiver, sèche et bleue comme son odeur. Geneviève est malade puisque le docteur grimace. La main sur le front. Le pouls est lent et chaud. Une bonne piqûre. Geneviève ne verra le jour que demain. «Elle sera dure à réveiller. Seulement des céréales durant deux jours. Du repos. Beaucoup de repos. Elle va suer avec ça.» Il prend mon argent sans dire un mot, par habitude. Nous sommes le 22 décembre, ou une autre date?

Le lendemain, c'est moi qui me réveille le dernier. Geneviève fait le café. En forme, comme l'hiver. J'ai mal dormi. Catherine s'est tournée dans ma tête toute la nuit. Pas moyen de s'abriller le cerveau. La fièvre n'a pas été longue. Il faisait plus chaud dans la chambre. Alors le sourire de Geneviève, blême, pâle, transparent, me réveille à peine. Elle a une faim de loup. Elle avale vite. Elle devrait faire attention parce qu'elle digère comme un oiseau. Soudain le hoquet s'installe après la dernière gorgée, comme pour punir la vitesse d'absorption. Alors les traits se durcissent à nouveau, la poitrine attend chaque bombardement, le ventre fait un creux au bout d'une palissade soulevée par secousses.

Geneviève va se chercher un grand verre d'eau qu'elle boit tout d'un trait. Rien à faire. Ça fait de plus en plus mal à chaque coup. Elle s'étire, se masse le ventre, se plie pour contracter le diaphragme, tousse. À bout, elle se met à pleurer. Elle va se coucher et je l'enveloppe avec les couvertures les plus chaudes en lui caressant le dos. Les saccades se font plus lentes et moins rudes. Dehors la neige tombe calmement. Je crois que Geneviève va dormir.

Les lendemains de tempête, Sainte-Rosalie s'anime comme une joute de hockey. La neige revole, les pelles grattent, Jonas visite tout le monde puisque son entrée est complètement déblayée. On s'imagine toujours qu'on a rêvé mais le froid rapproche les gens. Jonas disait à ses enfants; «Quand y fait frette, faut pas vous lâcher». On sentait bien que, tout seul dans le bois, Jonas avait connu les plus grands froids. Qu'il s'était blotti contre son chien et que tous les deux se réchauffaient avec leur haleine. Ce qui lui faisait dire souvent que les bêtes ne sont pas mieux que les hommes. Quand le village est bloqué, la peur s'installe dans chaque maison. Quand le vent brûle la face, c'est mauvais signe: les narines se collent, les yeux coulent, on étouffe comme si le froid creusait un vide en dedans. Sainte-Rosalie devient un village silencieux, endormi, sec, immobile malgré les tourbillons de poudrerie près des clôtures. C'est un pays dur, fouetté comme un cheval.

Geneviève dort maintenant. Le hoquet a disparu. Ça repose dans son ventre. J'ai mis mes pantoufles pour ne pas faire de bruit en marchant dans la maison. Il me semble que Geneviève devient plus chaude. La fièvre a peut-être recommencé ses folies. Le sommeil a l'air davantage d'une fatigue que d'un repos, plus d'une lourdeur que d'un calme. L'heure de la fraîcheur n'est pas encore arrivée parce que le sommeil de Geneviève n'est pas bon. Une lassitude se voit sur ses bras repliés et sur les doigts enflés. Et la douleur aussi, camouflée dans les pores de la peau; les yeux qui bouillent par en dedans. Tout ça donne à Geneviève une réalité incolore, collée au lit comme une grosse mouche sans mouvement et molle. Ça me fait penser au brouillard gras et spongieux qui s'élève des glaces quand la fin de l'hiver a envie d'entrer dans le fleuve et fait craquer les bancs de glace. C'est une sorte de chaleur qui sort du dedans. Le gris fait place au clair, le blanc est plus laiteux. À Sainte-Rosalie comme ailleurs les gens attendent le soleil, même que le bleu dans le ciel serait aveuglant tant la neige s'y reflète.

Mais le vent est encore au sec et ne réchauffe pas. Malgré l'envie étrange qui prend les gens de Sainte-Rosalie vers la fin janvier. Une sorte de sentiment liquide qui ne sort pas du cerveau. L'ankylose n'efface pas toute trace de ce liquide, mais la fatigue elle-même se durcit, se renfrogne. Une raideur naturelle souffle sur le pays. Sainte-Rosalie courbe le dos et se tourne les pouces. Tout le village s'est installé dans l'hiver comme dans une berçante. La terre n'a pas commencé à boire la neige. Sainte-Rosalie claque encore des dents.

Si je faisais du café? L'odeur s'est chargée de sortir Geneviève du sommeil. Elle reste étendue dans la noirceur de la chambre. Elle a l'air en cage, recroquevillée, rapetissée, à peine en surface. La fièvre lui a huilé le visage, surtout le front, et le sommeil a formé une sorte de croûte dans sa gorge, de sorte qu'elle a la voix creuse et étouffée. Elle sent tout son corps comme un liquide graisseux où la peau suffoque. J'enlève les cheveux qui lui gênent le visage; c'est de la corde. Elle semble agacée de ce geste, parce que Geneviève n'aime pas se sentir sale. D'ailleurs ce geste n'en est-il pas un de protection? C'est comme si maintenant je voulais arrêter la maigreur après le bouillonnement de la fièvre.

71

— Ça va mieux?

— Ça va aller.

Elle a dit cette phrase comme on sort d'une longue blessure, comme on revient de la mort. Elle a connu les limites de la souffrance, celles dont on ne se souvient même pas, tellement elles sont profondes. Je souris, mais elle sent bien que je suis énervé de voir sa tête d'oiseau fragile. Je la touche à peine de peur de l'écraser comme une motte de neige.

Elle se lève lentement. Je lui mets ma robe de chambre qui est plus chaude. Elle traîne les pieds. Elle a gardé ses bas dans ses pantoufles. Le dos est longuement voûté, les bras ballants. Un moment j'ai pensé qu'elle s'écrasera à terre. Elle rampe jusqu'à la salle de bain, en suivant le bord des murs. Les murs ont-ils, eux aussi, le vertige? Pourquoi ce brouillard encore sur le tapis? La tombée dans les jambes n'est pas terminée. Geneviève vomit sur le tapis à plusieurs reprises. Tout ce liquide sent fort comme de l'urine. Il faut ouvrir la fenêtre pour ne pas être asphyxié. Geneviève est comme du moisi. Elle est vidée; elle a l'air d'une sauce, malgré un sourire craquelé qu'elle m'envoie de la toilette. Démeublée, fouettée et perdue en dedans comme une aveugle qui dévale une pente très raide. Comment regarnir ce trou à l'intérieur dans l'incertitude du vomissement?

Ce que ça prendrait à Geneviève, c'est un peu d'air de Sainte-Rosalie. Elle oublierait cette idée absurde d'avoir un enfant et de se conduire en femme enceinte. J'ai l'impression qu'elle répète un rôle, une leçon apprise par cœur, affolée de ne pouvoir se rendre jusqu'au bout. La bouche sèche puisque l'enfant était sorti avec le vomi. La langue caressant le palais, elle avait l'impression de toucher une peau de bébé. La panique s'installe alors dans le blanc de l'œil. Machinalement elle s'en retourne au lit et s'abrille chaudement. La peur ne diminue pas. Le vent n'a pas dégrisé. Pas un bras, aucune tête d'enfant, rien que le cerveau qui se fait de l'ouvrage et glisse ses formes lisses sur les murs de la chambre. La confusion devient maintenant complète. Jonas est à droite de Geneviève. Catherine s'étend sur le lit. Les fatigues sont lentes. Les deux femmes flottent sur les couvertures dormantes. Elles ressemblent à deux nids d'abeilles vides. Les grillons, les criquets sont entrés dans les doigts. Catherine faisait très bien la douceur sur Geneviève. Cette dernière a l'impression que sa tête ne lui appartient plus quand elle se trouve à côté du corps de Catherine. Jonas est toujours réfugié dans les murs. Geneviève dans sa faiblesse ne s'inquiète plus. Elle ressemble au fleuve, respirant de tout son corps. Malgré que son haleine soit mauvaise et tiède, porteuse de fièvre, elle a cet air de tendresse inoubliable. Elle est partie très loin dans les bras de Catherine comme une enfant palpitante de chagrin, figée sur le long corps étendu près d'elle. Elle s'apaise tranquillement, légère et délivrée. Elle s'évanouira encore dans le sommeil flou, au fond de son cerveau, au fond d'un fleuve, presque morte depuis longtemps. La nuit sera longue dans sa tête, comme une tache d'huile. Elle défoncera le rêve pendant au moins une heure. Mais il y a surtout le silence qui fait irruption comme la présence de Jonas.

Geneviève est partie avec Catherine à la renverse du cerveau. Le cheval les emporte tout près des oiseaux de Sainte-Rosalie. Il fait beau comme dans une momie. Geneviève est assise et se lasse. Elle mouille ses lèvres, et je vois qu'elle s'enfle les narines. Tout s'engourdit dans la paix. Elle est belle avec Catherine sur ses genoux, qu'elle berce comme une enfant. Puis elle ouvre son sein pour la nourrir. Le sourire est au large. Elle ferme les yeux. Toutes les fleurs de Sainte-Rosalie se regardent, parce qu'il fait beau à l'intérieur des maisons. Il se passe des choses vraiment incroyables en dessous de la neige. Il ne faut surtout pas y résister, malgré le froid et le gel.

Jonas se promène autour du lit. Ses bottes font un bruit sourd et sec du talon. Il marche dur. Les genoux commencent à se lever, la hanche plie vers la neige du plancher. Le soleil entre par la fenêtre sa tête de grue. Les glaçons pendent à l'extérieur de la vitre, ce sont de longues canines. Pourtant la neige est molle, farineuse. Les pieds s'y enfoncent en éclaboussures. Jonas n'a pas appris à dire beaucoup de mots. Le bois lui a imprimé le silence, comme un métier. Les questions se logent dans la tête. Une forte santé ne s'explique pas. Il redresse la tête quand la neige se change en poudrerie. Le dos se courbe seulement pour percer le vent. Jonas est aussi grand que le pays, aussi grave que devant la mort.

Geneviève est lourde comme une roche. Elle ne bouge pas d'un pouce. Il faut que je la soulève pour replacer les couvertures sur elle, jusqu'aux joues creuses. Je dépose une débarbouillette d'eau glacée sur le front, dans la largeur de la fièvre. Sa nuque a un tremblement inquiétant, ainsi qu'une barge mal accostée. Elle ressemble à l'ami Léo avec son bateau accroché dans sa tête et le départ derrière la caboche. Geneviève ne rame plus, elle se laisse porter dans son cerveau bouillant, elle tombe en rade. Elle ne mange plus depuis deux jours. Les yeux collés par la racine, un filet d'eau circule jusqu'à l'oreille. L'eau du cerveau s'écoule lentement. Le front ne s'épuise plus aux rides. Je sens une grande mare d'eau derrière le front de Geneviève. Je la laisse dormir malgré ses lèvres séchées, et les bras croisés de Catherine qui retiennent le souffle court. Le silence rôde dans la chambre et c'est effrayant parce qu'il remplit la peau des femmes. Elles ont l'air d'être couchées sur un banc de neige, gelées jusqu'aux épaules. Jonas les roulerait vers les balises pour les mener en forêt, dans le chaud. Là, il déchirerait ses vêtements pour réveiller de son souffle chaud les corps engourdis. Puis il les entourerait de ses longs bras dans une caresse pour la protéger de la fuite. Il penserait: «Ce n'est pas l'hiver qui va nous emporter». Il prendrait les pieds entre ses cuisses, frictionnerait la plante et le talon. Il se coucherait sur les deux femmes pour les protéger de l'hiver. Il entrerait dans les crevasses comme une soupe chaude pour déranger et déloger la fièvre. Je ne serais plus inquiet, j'aurais sauvé Geneviève de sa folie. Elle reviendrait debout dans le courant de la neige. Elle s'équiperait de nouveau la tête pour passer le reste de l'hiver plus solide qu'une patinoire sur le fleuve. Elle ne grimacerait plus des lèvres et des yeux. Elle se mettrait à cheval sur le dos du vent ainsi qu'un moteur qui fonce vers le Nord. Elle glisserait dans la vie, avec ses bras et ses jambes comme des rames. Le goût reviendrait sous le palais et dans la poitrine. Elle ne serait plus une sardine dans cette ville. Elle ébranlerait le brouillard. Elle amarrerait de nouveau sur la vie, imprimée dans la ville en un pieu qui tient tout seul. Elle se parfumerait encore. Son ventre redeviendrait une marée neigeuse. Elle tuerait le temps. Elle penserait rarement à l'enfant qui a failli dans son cerveau. Elle remettrait sa robe avec son décolleté. Elle serait tranquille tout autour de la peau, elle aurait encore du cœur au ventre. La passe n'aurait duré qu'une semaine. Elle se remettrait à fumer. Elle ne baisserait plus vers le soir. Elle ne reviendrait plus sur ses pas, dans sa tête. Elle s'alignerait vers Sainte-Rosalie. Sa cheminée serait ramonée, sa cabane respirerait le grand ménage. Elle écouterait la table de nouveau. Elle se serait donné une bonne mornifle pour revenir à elle. Elle avancerait de nouveau dans sa barge peinte à neuf. Le soleil serait dans la chambre, les rideaux écartés. Le sourire reviendrait comme lorsqu'on retire la hache d'une belle bûche de bois sec. Les couvertures ne se raidiraient plus. La salive finirait de faire du cuir au coin des lèvres. Les seins se déplieraient, les cuisses reprendraient leur éponge. Geneviève redeviendrait lisse et ruisselante de lait calme. Je la basculerais dans les draps, pendant qu'elle déroulerait son corps, l'étendrait dans la chaleur et m'enroulerait avec ses cuisses pour faire un beau ventre. On se lèverait en s'enchaînant dans nos mains longues. Puis on s'étirerait comme des câbles autour des reins jusqu'à ce qu'on devienne léger, déblessé, ranimé. On se tiendrait par le cou, par les lèvres et les mains, dans un grand soupir de vie qui envahit la peau. On partirait à la dérive avec un grand saut dans la poitrine, pareil à des enfants qui ont lutté contre l'ennui des vacances pendant une semaine. Nous aurions une face de soleil et de vent. Un vent d'hiver, froid mais doux, humide, et pas trop bruyant ou grincheux.

Nous sommes épuisés, comme des oiseaux qui prennent le large trop vite. Nous n'avons pas assez touché nos murs avec nos mains. Nous avons fait craquer le bois sans savoir. Nous étions devenus lourds et pesants, comme du sang.

— «Si on allait à Sainte-Rosalie?»

— «Ça nous ferait du bien.»

Les tempes ont cessé de cogner. J'ai mis mon vieux pantalon. J'ai rangé les livres et les revues. Un bon chandail. La fatigue est sortie par le bas de la fenêtre. Geneviève met ses bottes les plus chaudes, celles en mouton. Je me roulerai dans la neige comme un enfant, pour lui faire plaisir. J'imiterai le pinson à gorge blanche. Je grognerai tel un cheval qui prend un bouillon de neige. Je ferai l'avion et je rirai comme Jonas, pour que Geneviève reste en rames, en plis, en eau. Surtout qu'elle reste en vie.

LA CINQUIÈME PORTE

Geneviève est au grand content. Elle plisse les yeux et le nez à cause du soleil. Ça fait longtemps que j'ai entendu son rire. Le ciel est propre. Les arbres sont figés dans la neige tout au long de la route. Ils ont un petit creux près du tronc, là où la neige est plus humide et plus chaude. Ce sont des endroits pour faire de bonnes caches. Le vent commence à environ un mille du village. Puis c'est le grand vent dans les champs où l'on voit à peine les maisons tant les bordures de la route sont enneigées.

Il n'est pas encore onze heures du matin. Dans l'autobus, les gens ont ramené une odeur de ville comme des parfums qui se débattent au bout d'une ligne à pêche. L'autobus s'arrête au restaurant près de la route transcanadienne. Dans sa hâte de sortir, Geneviève laisse tomber une valise. Il fait pas mal plus froid qu'en ville. Geneviève respire si fort qu'on dirait qu'elle arrive au monde. Le froid pénètre dans ses poumons et sèche tout soupçon de fièvre. Elle s'éloigne un peu sur la route pour mieux écouter la campagne. C'est fou comme il peut y avoir des oiseaux même l'hiver. Elle fait aller ses bras en les balançant d'avant en arrière comme font les bûche-rons pour se réchauffer. Elle se démène comme un enfant. Je suis content de la voir ainsi. Elle pourra voir les enfants de Jonas, jouer avec eux dans la neige toute blanche. La voilà qui fait semblant de patiner sur la route. Puis elle caresse la neige avec ses bottes, fait des 0 et des 8 en glissant dans le chemin qui conduit à la première maison. De loin elle crie à mon oncle qui a attelé son cheval pour venir nous chercher. Elle est folle de joie. Ses joues sont roses et elle a un sourire fendu jusqu'aux oreilles. Le cheval enfume l'air comme un morceau de fer rouge dans une cuve d'eau froide. Il a les barbiches blanches près du nez et de la gueule. Ses narines s'ouvrent, grandes et roses à l'intérieur. Ses pattes sont lourdes de glaçons et les sabots, ferrés par l'oncle lui-même, découpent des morceaux de glace en galopant sur la route. Geneviève agite la main droite tellement haut par-dessus sa tête qu'elle en a mal au bras.

Mon oncle a les cheveux tout gris. On ne voit pas ses jambes cachées sous une épaisse fourrure. Il a calé son casque de poil jusque sous ses oreilles, mais ses cheveux dépassent encore. Il pleure des yeux à cause du froid. Geneviève a déjà hâte d'embarquer dans ce traîneau qui glisse sur la neige comme si c'était de l'eau douce.

L'oncle a amené le chien «Bijou». Geneviève n'a pas trop peur. Elle prend les cordeaux et mène le cheval vers la maison. Le cheval doit sentir que ce n'est pas la main du maître puisqu'elle tient les cordeaux très raides malgré le vent.

Lentement on découvre le village. Tu vois là-bas, c'est notre grange... notre écurie... nos champs... J'ignore pourquoi j'ai dit «notre» puisque, depuis que ma mère est morte, la ferme appartient à l'oncle Ernest... Tu sais qu'il ne faut pas parler des petits «coups» qu'il boit à l'écurie, en cachette de sa femme. Tu sais que Bijou a été dressé pour chasser le lièvre... N'oublie pas que ma tante Blanche est malade. Qu'elle traîne la patte. Il faudra dire le chapelet et ne pas trop parler de la ville. À cause de l'ennui et de la distance. Qu'ici l'air n'est pas salé parce qu'on est dans les terres. Qu'on étend le linge dehors même l'hiver et que ça craque comme du pain sec... tu sais aussi que l'oncle Ernest ne fume jamais de cigarettes devant sa femme, pour ne pas faire le riche... N'oublie pas qu'ils trouvent l'hiver aussi long que nous, qu'ils gèlent parfois la nuit... N'oublie surtout pas que ce n'est pas nécessairement ça «la vraie vie». Parce qu'à Sainte-Rosalie on s'ennuie comme partout en ville. Sainte-Rosalie, c'est pas la fin du monde...

On entre par la cuisine d'été pendant que mon oncle Ernest va dételer «la grise» à l'écurie.

— On est venu juste faire un petit tour pour la fin de semaine.

De deux choses l'une: ou bien Geneviève annonce à ma tante qu'après deux jours on en aura assez, ou bien elle veut la rassurer parce que je lui ai dit que ma tante Blanche est malade.

— Vous resterez le temps que vous voudrez, dit-elle en retenant une grande bourrée d'affection derrière la gorge. Elle nous embrasse comme si elle communiquait son bec à toute la famille de la ville. L'oncle rentre en secouant ses grosses bottes et en disant à sa femme comme un reproche:

— «Tu vas pas te mettre à brailler encore». Elle fait signe que non de la tête en sortant son petit mouchoir de son tablier. Elle renifle d'un coup sec et rentre son émotion dans son ventre.

L'oncle va chercher la bouteille de caribou dans l'armoire pendant que ma tante sort trois verres propres. Elle les essuie encore avant de les déposer sur la table. L'oncle verse dans les verres son mélange de vin blanc et d'alcool qui constitue son «p'tit blanc». Il avale tout d'une traite après le traditionnel: «À vot' santé»!

Il fait froid dans la maison. Pourtant l'oncle Ernest a bien calfeutré les chassis doubles. Ma tante porte son châle noir sur les épaules. Le bois s'empile dans le poêle et craque de toutes parts comme s'il se piétinait lui-même. Un bon bouilli de légumes ron-ronne sur le feu.

— «Vous devez avoir faim après ce voyage-là». Ma tante Blanche s'est toujours imaginée que la ville c'est à l'autre bout du monde. Et plus elle vieillit, plus elle en accentue les distances dans sa tête. Pour-tant elle était venue quelques fois avec mon oncle. Mais comme il restait encore bien du chemin à faire après avoir récité le rosaire (et même des fois cinq chapelets), sa fatigue était longue. Mon oncle, lui, donne toujours l'impression de connaître la ville. Ceci, pense-t-il, lui confère une certaine supériorité sur les autres habitants du village. Alors il affirme qu'au contraire «la ville est à côté», et il reproche à sa femme de ne jamais vouloir sortir.

— «Un autre p'tit coup avant de manger»? Et, sans attendre notre réponse, il remplit les verres de nouveau. Pour éviter une troisième rasade, ma tante se dépêche de mettre la table. Geneviève l'aide pen-dant que mon oncle et moi montons les valises dans «la chambre pour la visite». Il me demande si je sais que ma tante Blanche est malade. N'écoutant pas ma réponse affirmative, il commence à me raconter toute l'histoire du début à la fin.

«C'est vrai que je prends un p'tit coup de temps en temps. Faut bien se garder en forme. Mais c'est pas ça. Elle a arrêté de chanter ça fait cinq ans déjà. Maudit qu'à chantait ben. J'sais pas si ta tante Georgette y est pour quelque chose. Mais une fois j'ai entendu la Georgette parler d'enfant. Ma Blanche pleurait et le lendemain elle s'est arrêtée de chanter. Y avait de quoi se poser des questions. Même pour un chien quand il ne jappe plus, tu te demandes s'il est pas malade.

Pour aller au plus court, moi je dis que c'est ça qui est rentré dans sa tête. Après elle a commencé de blêmir comme une chèvre. Pis, un jour qu'on se berçait sur la galerie, elle avait mis ses deux mains sur son ventre; elle serrait bien fort en pleurant. J'ai dit: «Qu'est-ce que t'as la mère? T'as-tu du nouveau? Vas-tu accoucher d'un enfant»? Je pouvais pas savoir. Les créatures sont toujours compliquées. Imagine-toi qu'elle venait d'apprendre qu'elle pourrait jamais avoir d'enfants. Pis là elle s'est mise à crier: «J'ai rien qu'un trou dans le ventre». Moi j'y disais que c'est pas grave, qu'on adopterait un enfant, deux si elle veut. Elle criait toujours non. Alors j'ai fermé ma gueule.

Mais le pire, c'est après. Elle voulait pu qu'on fasse rien ensemble (tu vois ce que je veux dire). Elle disait que le Bon Dieu a pas fait ça pour s'amuser. Moi j'y disais que ça sert pas rien qu'à faire des enfants. Elle voulait rien savoir. C'est là que je me suis mis à prendre un coup. Ça a pris du temps à revenir. Même encore aujourd'hui on se voit pas aussi souvent que je voudrais. Une chance que le curé lui a expliqué des choses parce que sans ça, moi je serais pu icitte. Mais elle a encore ce maudit enfant-

83

là dans la tête pis elle se prend encore le ventre à deux mains. Je pense même qu'elle est malade dans les deux bouts. Elle va mourir avec ça...»

Mon oncle Ernest ignorait que sa Blanche avait un cancer dans le ventre, que tout cela remontait à deux ans déjà. Elle fait encore l'amour même si le gros ventre de mon oncle s'abat comme un étau. Elle ne mange presque rien parce que ça brûle quand elle digère. Elle ne pose plus souvent ses lunettes sur la petite table près de la berçante parce que la lecture ne l'évade plus de la douleur. Pas plus que la télévision ou la radio. Elle égrène son chapelet comme on tourne ses pouces. Elle tremble un peu plus de la tête. Elle laisse tomber parfois des objets un peu lourds. On raconte même, dans la famille, qu'il lui arrive de se salir avant de pouvoir se rendre aux toilettes. Souvent aussi on la voit bâiller ainsi qu'un poisson comme pour s'étirer le ventre par l'intérieur. Elle dort de rien quand le mal lui donne cinq minutes de répit. Elle endure pareil à un sentier battu, elle gèle en dedans en se rapetissant comme un crachat sur la neige. Elle est aussi à l'image de ce pays silencieux. Elle se mord le dedans des lèvres parfois pour ne pas crier ou pleurer. C'est un arbre qui sèche par l'intérieur, mangé par les fourmis et les mouches. Quand elle parle, elle dit beaucoup de choses sans suite comme si elle voulait en dire le plus possible pendant que le cancer fait une pause. La nuit, la salive coulait entre ses dents sans qu'elle s'en rende compte. Alors, au matin, elle passait la main sur le menton pour cacher cette bave à son mari. Elle avait d'ailleurs gardé ce tic qu'elle refaisait souvent dans la journée comme une habitude d'où la gêne n'était pas absente.

Il fallait pourtant qu'on lui dise à mon oncle que tante Blanche avait un cancer dans le ventre... Il pleura comme un enfant, sacra comme un damné, puis en cachette se dirigea vers l'écurie où il se cala trois verres de «p'tit blanc».

— «Ça va mieux, dit-il. Maintenant j'vas la soigner».

On traversa la cour sur la neige durcie. Ils vont se soigner tous les deux avant de partir pour le Grand Large. Mon oncle va continuer à faire semblant qu'il ne sait rien du cancer dans le ventre de sa femme. Elle, elle ne dira rien. Ils se lèveront tôt le matin en se faisant accroire qu'ils n'ont plus sommeil. C'est plutôt pour voir le jour plus longtemps avant la Grande Nuit. Puisqu'ils se racontent au passé depuis plusieurs années, ils vont continuer. Et les souvenirs les plus loins se déterreront pendant les longues soirées, s'étireront dans le village. Ils prendront le temps de bien revoir chacune des pièces de la maison, voir si tout est propre. Puis ils s'installeront dans la cuisine pour l'éternité, sans bouger. Ils se croiseront les mains sur le cœur comme pour retenir quelque chose de précieux. Pour que la vie ne s'échappe pas trop vite. Ainsi, durant la nuit, ils vont se serrer l'un contre l'autre afin que la douleur ne fasse pas tomber les bras. Alors ce sera au tour de la voix de baisser. Ils ne s'empêcheront plus d'être enroués le matin, d'être chambranlants en descendant l'escalier, en montant dans la charrette. L'oncle Ernest aura fini de donner de petits coups de fouet à la Grise. Il vendra son foin pour ne plus avoir à le ramasser. La grange aurait besoin d'être réparée. Tante Blanche regardera son homme dans ce geste familier qu'il a de soulever sa casquette pour s'essuyer le front dans son coude. Même en hiver l'oncle Ernest avait commencé à suer de la tête. De plus en plus ils ne sauront

85

pas comment s'est fait le village d'à côté. La parole sera quotidienne et neutre, peu luisante. Une parole blanche comme les mains qui ne bougent plus. Le déséquilibre s'est installé dans leurs jambes comme s'ils marchaient à reculons. Ils baissent la tête de plus en plus vers la terre comme les bêtes. C'est un signe qu'on ne regarde plus en l'air ou même devant soi. D'ailleurs, quand mon oncle se promène dans les champs, il ne ramasse plus les couleuvres comme avant. L'œil se rapetisse dans la peur. La chasse est devenue un luxe parce que la Grande Peur s'est installée dans le cerveau.

Mais tout ça ne viendra qu'au printemps ou à l'été, lorsque la vie reprend, quand on a le sourire facile.

— «Venez manger.» C'est ma tante Blanche qui nous crie du bas de l'escalier, avec cet air de quelqu'un qui a préparé un bon repas. Bien sûr que Geneviève s'exclame sur la nourriture, les protéines, la santé, la «vraie vie». Tante Blanche mange comme un oiseau pour ne pas trop déranger la bête dans son ventre, qui creuse lentement avec ses cornes. Puis, mon oncle Ernest commence à remonter dans l'histoire: «Quand tes parents vivaient...» Alors il me raconte mon enfance comme pour se rajeunir, pour se reposer un peu. Il se transporte dans le passé avec aisance, retrouve les noms des enfants et des arbres. Joue à cache-cache. Se couche dans l'herbe. Nous montre la couleur des oiseaux, nous enseigne le chant de l'alouette. Il nous réveille en pleine nuit pour nous faire voir un veau qui vient au monde. Il nous apprend à distinguer les fleurs et l'avoine par l'odeur. Nous montre la beauté d'un sentier, du soleil dans les bois, des lits en bouleau, comment ne pas avoir peur des chiens malgré les dents, chasser les rôdeurs. Il nous montre la vie.

La seule chose que l'on n'apprend pas à Sainte-Rosalie, c'est comment quitter le village pour aller vers la ville ou vers la mort. Ça fait partie de l'histoire mais on ne le dit pas: on se laisse tranquille avec ces folies, parce que ce sont des folies du bout du monde.

Geneviève mange avec appétit. Elle a encore un peu de blancheur urbaine sur le front mais elle est heureuse. «Bijou» vient se chauffer à ses pieds. Elle commence à le gâter pour bien l'apprivoiser. Le chien se dresse sur ses pattes ou se roule en boule selon qu'il veut de la nourriture ou des caresses. Avec la radio ouverte à la journée, «Bijou» est un membre de la famille, pareil à la chaleur du poêle.

On mange comme des cochons! L'oncle Ernest me dit: «Viens, le jeune, on va aller fumer une pipe dehors». Il fait froid. «Bijou» couvre la chienne qui est venue l'attendre sur le perron de la porte arrière. Mon oncle aime bien se réchauffer les mains avec sa pipe. «C'est plus chaud que des mitaines de laine». Le chien jappe pour se faire de la chaleur près du museau blanc et pour couper le froid de la chienne. La neige craque comme le plancher du grenier. Mon oncle a promis de promener Geneviève en carriole après la vaisselle. On va cirer les lices pour qu'elles glissent bien sur la neige. On entendra presque uniquement les sabots ferrés qui cassent la neige glacée.

Pour l'instant l'oncle boucane comme une cheminée. On dirait que la fumée lui sort par les oreilles. La pipe a l'air juteuse à cause du froid qui sèche les lèvres. Un nuage blanc continu lui sort par le nez. Il a la face comme un linge blanc qu'on étend sur la corde quand il fait un froid de bœuf. Ses yeux se plissent à cause de la clarté de la neige. Les oreilles cillent comme le vent. Le nez renifle plus souvent. Les cours sont blanches, sauf près des étables où c'est jaune. Les sapins lourds de neige s'enfoncent dans la terre froide. Déjà les rivières gelées deviennent des routes pour les motoneiges. Les hommes du pays ont inventé ces bruits pour peupler leur hiver sec.

L'oncle ne parle presque plus depuis qu'il sait pour ma tante Blanche. C'est comme si tout son cerveau n'avait de place que pour le cancer, une sorte de bateau fantôme dont la mer retarde le reflux. Il s'endort tard le soir et ne cogne presque plus de clous avant de s'endormir. Sa tête est une longue rivière où s'entasse la glace avant la débâcle: avant la colère qu'il fera contre Dieu lorsque tante Blanche s'en ira de sa cuisine et que la berçante sera vide. Il voit son chien assis à la place de sa femme et de grosses larmes gèlent ses joues. Alors il pense aux enfants qu'il n'a pas eus, qu'il n'a pas caressés de sa grosse main d'habitant. Aucun enfant à lui. Ceux qui ont appris à marcher dans cette maison ne sont pas les siens.

Il appelle son chien pour lui caresser le poil où pendent des glaçons. Il pense que sa femme sera bientôt froide dans le vent du Nord et sèche comme la glace bleue. Peut-être avant la fin de l'hiver? La peur de la mort à côté de cette tranquillité blanche, c'est comme un noyé au centre du fleuve. Même à Sainte-Rosalie l'hiver étouffe les cris. Quand l'air est sec, la mort est plus silencieuse, la colère tombe à la renverse et la tristesse s'installe au plus profond de la poitrine avec l'enfoncement d'une grosse pelle mécanique. Alors on se dit que plus rien ne peut arriver de pire. Ainsi la rage creuse la terre jusqu'à la violence de la maigreur ou du mensonge qu'on se donne.

L'oncle fredonne une chanson tout en attelant la Grise pour faire faire un tour à Geneviève. Elle arrive avec sa senteur de bouilli de bœuf et de soupe. Elle s'est grattée dans le cou, et sent l'eau de vaisselle. Mon oncle qui a vu la façon dont Geneviève tenait les cordeaux pour venir à la maison lui propose de lui montrer comment on mène un cheval. Alors ce sont la leçon et les répétitions. Il faut soutenir le pas et non le commander. Ne jamais tirer trop fort sur la gueule, ça pourrait blesser le cheval. Parler, parler souvent parce qu'un cheval, ça comprend. Flatter, caresser, un cheval aime ça autant qu'une femme. Ils rient tous les deux pendant que je pense que ma tante Blanche a été une bien bonne bête. Que l'oncle s'est toujours approché d'elle comme s'il était avec la Grise.

D'instinct l'animal se met en marche. Tous nous sommes montés dans la carriole. Geneviève a beau lui parler, la bête attend les ordres de mon oncle. Cette complicité entre l'animal et le maître récrée les distances de la ville. Enfin nous arrivons chez Jonas. Avant il a fallu passer devant la maison de la Mornifle où nous avons vu deux enfants infirmes qui jouaient ou plutôt se traînaient dans la neige.

L'oncle ne raconte pas l'histoire de la Mornifle, par respect pour notre jeunesse et notre manque d'enfants. Geneviève raidit les cordeaux cependant. Nous avons compris. Même le chien jappe quelques coups, pour nous dire... Qu'est-ce que cela changerait à Geneviève? «Un enfant ce n'est pas la fin du monde». L'oncle me regarde et je sens ma jeunesse et combien il est vieux.

Jonas n'est pas chez lui. Il y a sa femme pourtant pleine de lait et les enfants bien ronds, venus derrière la grange pour voir qui arrive... Sifflant la santé, beaux comme des singes. Sachant comme des chiens. Muets comme le village. Mon oncle nous présente à la femme de Jonas. C'est une femme encore très belle, ronde comme une souche. Elle porte les cheveux très longs, bien lissés sur les tempes, retenus à la nuque par un petit élastique rouge. Ses yeux bleus tranchent avec le brun des cils et des cheveux. J'aime beaucoup ses hanches pleines qui font un pli dans le haut de la jupe, des deux côtés du ventre. Ce ventre plat mais que l'on sent ferme jusqu'aux seins lourds. J'imagine facilement la blancheur du ventre et des seins. Des seins ronds et pleins de lait, avec un bout très large qui se plisse sous la caresse. Elle doit avoir beaucoup de blancheur aux cuisses et derrière les genoux: là où l'on voit souvent de petites veines bleues s'étendre jusqu'au mollet. Le dos lisse avec quelques bourrelets très doux aux hanches comme sur le ventre. C'est à mon avis, une des plus belles femmes de Sainte-Rosalie, et je ne comprends plus pourquoi Jonas la quitte souvent pendant l'hiver. Elle est plus avenante que la forêt, plus laiteuse que la neige. Comme j'aimerais entrer en elle pour la saison des froids et des grands vents!

Les enfants ont encore les yeux très clairs comme s'ils venaient de terminer les plus grands jeux dans la neige. Les pommettes des joues d'un rouge vif comme le froid. La bouche grande ouverte comme lorsqu'on laisse les flocons de neige pénétrer jusqu'à la gorge. Le souffle chaud et lourd d'un cheval ou d'un loup qui a traversé une grande forêt. Ils enlèvent leurs mitaines pour nous serrer la main et une fumée blanche se dégage des doigts.

Geneviève les aime tout de suite et veut connaître leurs jeux. Alors ils l'emmènent derrière la grange où ils ont monté un gros banc de neige pour une glissade en traîneau. Ils veulent la voir glisser pour rire du bouillon de neige qu'elle prendra dans la figure au bas de la côte. Elle en sort les deux yeux bouchés, au grand contentement des enfants. Alors ce sont des glissades, plus triomphantes les unes que les autres. Perchés sur leurs pattes minces, malgré l'habit de neige, les enfants descendent debout dans leurs traîneaux jusqu'à ce qu'ils roulent à terre tous les deux, se laissant tomber sur le côté. Notre visite plaît aux enfants et à Geneviève. La femme de Jonas nous offre d'entrer mais puisque Jonas n'est pas là... «Nous ne faisions que passer»... «On fait un tour pour montrer le village à Geneviève». La femme sourit. Elle a des dents d'esquimau: inégales mais d'une blancheur incroyable. Nous rentrons. Elle prend la cigarette que je lui tends. Je suis vraiment surpris de voir qu'elle fume. Par politesse? Par complicité? «Une fois n'est pas coutume», dit-elle avec son sourire qui brille. J'ai approché ma main qu'elle saisit doucement. La fumée roule autour de sa main semblable à une cordée de caresses. Elle aspire longuement comme on fait avec un beau souvenir tout chaud.

Dehors le vent a repris ses griffes. Les enfants viennent nous rejoindre avec Geneviève tout enneigée. Elle est aux petits oiseaux. J'aime la voir aussi gaie. La femme de Jonas raconte que ce dernier est allé au village voisin et qu'il n'y sera pas longtemps.

Nous disons que nous allons revenir demain, à la grande joie des enfants. Nous fumons encore une cigarette devant un bon café. La femme de Jonas pourrait ressembler à Catherine. Elle dégage une forte sensualité qui n'est pas sans faire rougir mon oncle Ernest. (Elle s'étendrait lentement sur le lit, les genoux collés l'un sur l'autre, les seins tombant un peu vers les aisselles, le ventre blanc et rond. Puis l'oncle Ernest s'étendrait à côté d'elle pour la caresser de sa belle grosse main de campagne. Alors, ainsi qu'en un jardin, il entrerait en elle comme on entre dans la bonne terre du pays. Son ventre ne se retiendrait plus sur la femme de peur de lui faire mal. Il planterait l'écorce de l'homme jusqu'à la racine. La femme replierait les jambes pour garder cet homme en elle. Alors, sans trop de cris mais en serrant bien fort la sueur entre les seins et sur le ventre, ils reviendraient au monde.)

Nous partons. Geneviève embrasse les enfants en promettant à plusieurs reprises de revenir jouer avec eux demain. Ils courent derrière la carriole pour s'accrocher un instant et se laisser glisser sur la neige bien tapée du chemin. Puis les grands gestes de la main et les cris: «À demain... Demain...» Geneviève est pire qu'eux, elle crie aussi fort, tout en conduisant la Grise. Nous allons jusqu'au bout du village pour faire vraiment le tour et pour tout voir. Les enfants nous crieront sur le bord de la route pour refaire les mêmes gestes que tout à l'heure.

À la maison, ma tante Blanche nous attendait en récitant son chapelet. Elle m'apparaît vieille et maladive. Le teint jauni, elle a l'air sale de la douleur. Elle commence à perdre ses cheveux ainsi que les poils de ses bras. Je sais qu'elle lit le bréviaire comme un prêtre à la messe ou à la méditation. Ses lunettes à cornes longues cachent pourtant quelques rides. Les cheveux plus lisses, mais crépus, secs, et jaunes (par plaques) comme un peu d'urine sur un sous-vêtement. Une plume blanche d'un oiseau mort depuis longtemps, un jardin envahi par les insecticides, un pont tombé dans un ventre comme une rivière de sang et de pus. Ma tante Blanche ne passera pas l'hiver si ça continue de même.

— «Vous avez fait bon voyage?» Elle dit ça comme quelqu'un qui sait qu'il va bientôt partir et ne reviendra plus. Une branche coupée et jetée dans la Grande Rivière de la Mort. Elle semble se reposer un peu avant, parce que demain c'est dimanche et qu'elle ira encore à la messe demander la santé. Mais ses yeux nous fouillent la vie comme pour dîner de notre jeunesse, pour se tracer dans notre âge, pêcher un peu de temps en arrière, courir dans le passé sans rien sentir dans son ventre coupé du reste du corps comme une saleté. Son ventre percé d'un trou où nagent les vers déjà, le nombril sans doute enflé.

— «Il fait froid mais c'est beau». Geneviève gonfle de santé, semblable aux enfants de Jonas. D'ailleurs elle ne tarit pas d'éloges à leur sujet. J'ai beau froncer les sourcils, me plisser le front, me gonfler les bajoues, elle ne comprend toujours pas qu'il ne faut jamais parler d'enfants devant le ventre de ma tante Blanche. À la fin, c'est mon oncle Ernest qui, n'en pouvant plus, lui aussi, offre un verre. Maintenant je sens que les mots vont trop vite pour ma tante Blanche, droit sur le ventre, à pic sur le cancer. L'oncle entoure les épaules de sa vieille et lui dit d'aller chercher son gilet dans la chambre. C'est pour permettre à ma tante de pleurer à son aise. Puis il serre solidement le bras de Geneviève qui ne comprend toujours rien. (Soudain, les cris, dans la chambre, la course de mon oncle. Il s'étend sur le lit pour entourer sa Blanche avec ses deux bras, et poser le ventre à cancer sur son gros ventre moelleux et chaud. Ainsi agrippés tous les deux, ils vont pouvoir retenir leurs larmes ensemble. L'oncle caresse les cheveux jaunis de ma tante avec les mêmes gestes délicats et chauds que s'il était avec la Grise. Ils sont coïncés dans la douleur communiquée, sans savoir se défendre que s'enrouler l'un dans l'autre. Ils vont rester ainsi une bonne heure sans pouvoir sortir du lit.) Alors ils vont revenir de loin, comme deux bêtes qui se déprennent du piège de la mort. On sent qu'ils sont contents que ce ne soit qu'une fausse alerte encore une fois. L'oncle me tape sur l'épaule en passant.

Geneviève est contente de les voir. Elle a tout préparé pour le souper. Ma tante mangera des céréales avec un peu de lait et quelques framboises. Mon oncle, lui, s'efforcera de tout manger dans son assiette et ne pas nous inquiéter davantage. Geneviève se charge aussi de la conversation pour ne pas croire que ma tante plisse vers la mort, épilée par en dedans. Combien de temps pourra-t-elle endurer encore? Quand est-ce que les poumons ne seront plus qu'un cri, qu'un râle? L'oncle fait craquer les jointures de ses doigts; c'est pour finir de chasser la douleur, qui s'en retourne dans les murs pour se réchauffer près du poêle avant de revenir. On ne sait trop quelles paroles dire devant la douleur.

La soirée sera longue, durera longtemps dans le silence des malades. Mon oncle a blêmi, il n'est plus rose du tout. La nuit est trop tranquille, ramollie par la mort qui se cache par derrière chez mon oncle. Nous fumons presque en silence, avec résignation, dans nos voix fêlées par la tristesse réelle. Le cœur gros. On essaie de penser à autre chose, de parler de la pluie et du beau temps. La nuit allonge un peu la jambe. Nous irons nous coucher comme dans une rivière gelée qui se casse la tête. Mon oncle attendra la première lueur du soleil quelque part dans son sommeil. Il regardera les tempes de sa femme pour voir si la douleur s'est en allée. Les draps ont l'air figés sur le corps de ma tante. Il voudrait bien les enlever comme autrefois quand ma tante n'était pas déjà morte. Détacher l'un après l'autre les bras qui recouvrent les seins. River les épaules sur l'oreiller. Appuyer son gros ventre sur le ventre de sa Blanche. Passer une bonne nuit dans la crevasse mouillée. Pourtant ce matin, l'oncle a les yeux pleins d'eau; ça goûte un peu le sel. Que peut-il se dire dans sa tête? Il doit sans doute rêver d'une vieillesse sans trop de déchirures, mais de plus en plus, en se levant, il a peur de trouver tante Blanche étendue à côté de sa chaise berçante. L'odeur du café le remet au monde. Il nous crie: «Debout les jeunes, il est 8 heures.»

La vie est revenue, nous a retrouvés dans ce matin de dimanche froid. Le vent a étouffé la mort encore une fois, derrière la grange, la tête dans la neige et le fumier glacé. Nous nous sentons tous mieux. On fait semblant qu'il ne s'est rien passé, ni hier, ni avant. Sainte-Rosalie est un village où il ne se passe rien. Nos sourires nous caressent. Ma tante a l'air reposé ce matin. Elle a rempli la table de toutes sortes de bonnes choses: cretons, jambon, petit lard, confitures... Le pain dans le four, ça vous remonte un nez et un palais! Si ma tante était morte cette nuit, notre fatigue aurait été légitime. La barque n'a pas encore chaviré dans le sombre, ma tante n'a pas encore joint les mains sur son ventre pour s'en aller, se laisser emporter par la Grise. Le cri d'hier n'était et ne serait pas le dernier. Elle n'a pas encore enfoncé son cheval pour lui faire avaler toute la boue qui gonflerait le ventre, deviendrait la grande pesanteur qui ne se relève plus. Le cheval dans le plus grand saut du monde retournera ma tante Blanche à l'envers, le dos à la terre et les pieds dans les nuages.

— «Vous allez voir Jonas?» demande ma tante.

— «Vous voulez venir avec nous?» Geneviève me semble plus douce ce matin.

— «Non, je vais vous faire une bonne tarte pour le dîner.»

Geneviève n'insiste pas. C'est très bien. D'ailleurs, elle est belle comme la campagne ce matin. Je lui dis que nous allons nous habiller chaudement. Elle me répond qu'elle ira se changer après la vaisselle. (J'attendrai.) Mon oncle me dit que nous avons le temps de fumer une pipe. Il ne refuse pas la cigarette que je lui offre.

Alors il s'installe dans sa berçante. La cigarette entre le pouce et l'index il prend de grandes bouffées puisque ma tante ne dit rien. Les deux mains dans l'eau chaude et la mousse de savon, elle a l'air au paradis. Geneviève a les joues rouges. Chaque fois qu'elle mange quelque chose de gras, Geneviève a de la misère à digérer et ses joues deviennent toutes rouges. Aussi quand nous faisons l'amour. J'ai congé de vaisselle.

Mon oncle a recommencé à placoter: il parle tout le temps. Je regarde Geneviève qui sourit. Elle écoute, moi pas. Depuis un bon moment je ne fais que regarder Geneviève, qui roule un peu des hanches en frottant et en essuyant bien les assiettes. Je suis content d'être à la campagne, car une sensation de douceur m'envahit tout le corps. Cette odeur de vaisselle est apaisante. Geneviève aura les mains chaudes et un peu humides. Ce sera doux et bon. Puis ça deviendra très lisse sur les doigts rouges et luisants.

— «Va te changer, je vais serrer le reste de la vaisselle». (J'ai presque failli remercier ma tante.) Geneviève monte l'escalier devant moi. Je lui caresse la hanche pour la laisser passer. Mon oncle nous dit de prendre tout notre temps puisqu'il faut qu'il nettoie un peu l'écurie... Je lui offre de lui donner un coup de main.

— «Non, non, laisse...» (Nous montons jusqu'à notre chambre où je ferme la porte à clef.)

— «Veux-tu me dégrafer ma chemise en arrière.» Délicatement je relève les cheveux de Geneviève. Je l'embrasse dans le cou. Je sens que son cou s'amollit comme une ficelle et je recommence en dégrafant lentement le haut de sa chemise. Le dos est beau — rond et blanc — doux. Je laisse couler mes lèvres doucement vers les omoplates mais plus au centre. Geneviève frissonne. J'enlève la chemise, le soutien-gorge est attaché en avant. Je retourne Geneviève pour l'embrasser sur les lèvres. Ma langue a percé les dents. Elle s'étire la tête en arrière pendant que je glisse mes lèvres sur son cou et enlève le soutien-gorge. Les seins se gonflent pendant que le bout se rapetisse sous la caresse. Je suis durci jusqu'au bout des doigts. Geneviève commence à me déshabiller pendant que je détache sa ceinture. Je lui dis tout bas à l'oreille que nous nous étendrons sur le tapis parce que le matelas plein de paille va trop craquer.

Nous sommes nus maintenant. Je caresse la petite étagère au-dessus du nombril de Geneviève. Je m'installe à droite pour mieux la caresser, ma main droite entre les cuisses et la gauche sur les seins. Geneviève se mord les lèvres et ses narines s'élargissent. Elle passe sa langue sur la mienne et je sens tout son corps devenir humide. Il fait chaud. J'ai l'impression que le printemps est arrivé sur le corps de Geneviève et que je suis un bel oiseau qui revient du Sud avec toute la chaleur des îles. Notre respiration se corse, se rythme: régulière mais plus durcie. Le plafond de la chambre commence à chavirer tel un arbre, j'ai la sensation d'être couché dans un grand champ. Qu'on tombe dans l'herbe folle de Sainte-Rosalie. Je suis maintenant un cheval qui broute sur le corps de Geneviève, elle ouvre les jambes et je marche en elle. L'intérieur de Geneviève est bouillant. Elle relève les hanches comme au grand trot. Mes sabots grattent le plancher et l'herbe se déchire. Nous roulons dans la bonne sueur. Nous glissons sur le doux en poussant nos corps plus avant. Le ventre de Geneviève éclate lorsque je laisse la flèche tirer le lait blanc. Nous sommes tout étourdis mais ça nous a fait du bien.

Mon oncle nous attend à l'écurie pour aller voir Jonas. Je pense que demain soir il y aura de la musique qui viendra de l'intérieur de la lune.

LA SIXIÈME PORTE

Mon oncle nous fait des signes, toutes brides ouvertes, devant la maison. En montant dans la carriole, je pense, pendant un moment, que je n'aime pas trop voir Geneviève avec moi chez Jonas. D'abord parce que Jonas en sait beaucoup sur moi et que Geneviève est une questionneuse à ses heures. Pourtant, lorsqu'elle me dit tout fort: «C'est bon à la campagne», je revois ses seins et son ventre se soulever, son dos si doux et ses hanches que j'ai encore dans les moustaches.

Je conduis la Grise en prenant soin de ne pas tirer trop fort sur les cordeaux. Geneviève a l'air de m'admirer. Ça me va bien, un cheval. Je souris à Geneviève en pensant que toutes les femmes de ce pays sont en train d'avoir un cancer dans leur ventre.

Les enfants de Jonas sont debout dans la porte d'entrée. Silencieux mais souriants. «Papa n'est pas là... il n'est pas venu coucher... faut qu'il soit dans le bois encore». Ils n'ont pourtant pas l'air d'être inquiets outre mesure. Il arrive souvent à Jonas de partir durant plusieurs jours. Sa femme d'ailleurs ne s'en inquiète que très peu également, mais elle ne rit pas. Il manque un peu de lumière dans ses yeux. Aujourd'hui, elle n'arrête pas de se démener dans sa cuisine comme un vrai paquet de nerfs. Elle se déplace par mouvements brusques. Elle ne fait pas attention à nous, pas plus qu'elle ne retient le bruit de la vaisselle qu'elle range. Elle a dû passer une longue veillée d'attente en se touchant le menton comme elle fait aujourd'hui, sans s'en rendre compte. Nous la regardons sans broncher.

— «Il faudrait aller voir.»

Elle sait que son mari se fait vieux, qu'il devient de plus en plus sourd. Que l'hiver de cette année n'a pas de bon sens, ni pour les arbres, ni pour les enfants, ni pour les hommes, ni pour les bêtes. L'hiver nous marche dessus, nous tombe sur la tête pareil à une masse. On a beau s'arrondir le dos, le froid nous gèle jusqu'en dedans. Elle sait aussi que son homme est têtu. Que la forêt l'attend, la nuit, semblable à une femme. Qu'il s'excusera d'avoir été si longtemps dans la forêt, comme une faute ou une infidélité. Depuis quelque temps, Jonas a des fourmis dans les jambes et bien de l'espace dans la tête. Il lui est arrivé à plusieurs reprises de boire à même la cruche de vin, pour s'étourdir, pour rêver d'un rêve plus fou, plus loin dans les tripes, plus inaccessible. Depuis trois jours, il somnolait souvent les yeux à moitié fermés, et sa femme ne pouvait plus partager les rêves de sa tête. «Un pays de fous, une vie de chien». Ces mots ont été prononcés souvent depuis une semaine. Quand tout cela arrive, la femme de Jonas reste silencieuse. Tout se passe dans sa tête, bien loin des enfants qu'elle prépare pour aller jouer dehors, ou qu'elle va envelopper, tout à l'heure, dans une grande serviette blanche après un bain chaud.

Geneviève sort avec les enfants. Nous restons longtemps muets pendant que le silence se dessèche.

Un silence lourd qui tombe de fatigue ainsi qu'un cheval. Mon oncle et la femme parleront:

— «Monsieur Ernest, s'il est dans le bois, il est dans la cache aux Indiens.»

— «Il n'est pas dans le bois par un froid pareil.»

— «C'est son temps.»

— «Personne l'a vu?»

— «Non.»

— «Demain, il va nous revenir avec des lièvres plein la ceinture!»

La femme n'y croit plus. Depuis cinq ans, Jonas revient toujours les mains vides. Sans oser vraiment se l'avouer, des fois, elle trouve que la forêt sent mauvais.

— «Il fait un temps de chien en plus.»

— «Jonas est capable de dompter une tempête.»

— «Pas tant qu'avant.»

Sans attendre la demande de la femme, mon oncle dit:

— «Nous irons jeter un coup d'œil avant la noirceur.»

— «Merci.»

Nous buvons un verre de blanc pendant que mon oncle Ernest raconte les folies de Jonas pour faire rire la femme. Elle sourit faiblement. Alors mon oncle se lève et dit:

— «Nous viendrons vous donner des nouvelles en revenant.»

Geneviève ne comprend pas qu'il faut retourner à la maison. Les enfants sont déçus. Au retour, elle voudrait venir dans le bois avec nous. Heureusement, l'oncle n'a que deux paires de raquettes. Il ne faut pas parler de tout ça à ma tante Blanche.

Nous nous habillons chaudement. Deux paires de bas dans les mocassins. Deux gros gilets de laine. Des sous-vêtements longs, que je n'ai pas appelés depuis longtemps des «culottes à grand-manches». Une bonne tuque. Mon oncle son casque de fourrure.

Nous allons avec la Grise jusqu'au bout du village. Mon oncle la laisse dans la grange chez Émile qui décide de nous accompagner.

— «Il est sûrement dans la cache aux Indiens.»

— «S'il nous voit venir le déranger, il va être en beau maudit.»

— «On dira que sa femme est inquiète.»

— «Mais non... On dira rien... On dira qu'on fait de la raquette.»

— «C'est ça, on fait de la raquette.»

Nous partons vers la forêt. C'est froid mais c'est très agréable de marcher dans la neige molle. Des petits nuages de poudrerie au bout des raquettes. Une buée constante dans le visage, sous le nez. Émile marche le premier. Il a apporté un petit flacon d'alcool pour se réchauffer de temps en temps. Il en prend une gorgée, passe le flacon à mon oncle; j'en prends aussi. Ça brûle l'intérieur mais ça fait du bien, ça picote les jambes et le bout des doigts. Nous marchons d'un pas plus léger. En forêt, on ne parle pas, parce que ça essouffle. Je remarque qu'il y a plusieurs arbres tombés, couchés les uns sur les autres comme pour se réchauffer du froid. Je n'ai jamais vu autant d'arbres morts. À quelques reprises, nous devons enjamber de grands troncs étendus en travers du sentier que mon oncle connaît.

Il fait plus chaud maintenant que la forêt est plus dense. À moins que ce soit l'alcool qu'Émile nous sert encore une fois. J'ai très chaud. Je desserre le nœud de mon foulard. Des oiseaux viennent écornifler au-dessus de nous et bavassent avec le vent. Quelques-uns filent à l'épouvante pour s'amuser ou pour accoster les plus hautes branches. Ils sont allègres et chicaneurs comme des enfants quand ils se dardent dans les sous-bois. Mais, s'ils glissent sur la neige, c'est à pas de chaussons, flairant le gibier mort ou gelé. Parfois ils font accroire au vol fixe puis tout après ils se font des agaceries, perçant la jaquette des nuages, virant pour éplucher une feuille qui est restée depuis l'automne, grinçant dans les rafales. Ils ne se bercent pas en cachette même si le vent leur donne des claques. On dirait qu'ils sont parfois en panne mais c'est pour ne pas basculer dans la neige. Ils ont flotté dans les tempêtes tout l'hiver avec des cris à pic dans les oreilles. Quand ils viennent échouer dans les parages, on voit que ce sont des oiseaux de forte tête et de grande endurance, qui défrichent par secousses de gueule et qui peuvent chasser l'homme malgré les fusils, enfarger les loups dans une forêt de quenouilles.

— «On est pas loin.»

Émile a vu des traces dans la neige. Des traces d'homme et de bête. Nous nous arrêtons.

— «T'es sûr du sentier, Ernest?»

— «Pas de doute... La cache aux Indiens doit pas être loin.»

Nous avalons encore une gorgée de ce mauvais alcool et nous repartons en silence. Je pense aux traces de la bête à côté de celles de l'homme. À moins que Jonas ne soit venu avec un chien. Je n'ai pas osé demander de quel animal il s'agissait. (Le combat aura duré toute la nuit entre l'homme et la bête. Le loup aura réussi à démuscler le bras droit de Jonas. Le sang sur la neige comme sur les draps de Geneviève chez nous. Jonas se sera traîné pendant plus d'un demi-mille avant de tomber pour la dernière fois. Il aura crié, puis râlé le nom de sa femme: «Catherine... Catherine...» à plusieurs reprises. Puis couché sur le dos, se retenant le bras avec sa main gauche, il aura vu comment la forêt est encore belle. Les millions d'étoiles, le froid qui engourdit le bras à moitié rongé. Le loup muet, derrière, et qui attend que la mort passe la nuit. Jonas n'est pas peureux. Il déboutonne son manteau pour mieux geler; pour ne pas entendre lorsque la mort va venir s'installer en lui. Au moment où ses enfants sautent dans sa tête, de grosses larmes gèlent près des oreilles du vieux. Ce n'est qu'après une demi-heure que la tête des arbres a commencé de tourner en rond. Puis Jonas entend le cheval se rapprocher au grand trot et tourner avec le loup autour tel un manège. La neige est douce et reposante comme un beau baiser à l'abri du vent. Jonas va changer de corps pour la première fois de sa vie. Il attend, les yeux grand ouverts, que le loup s'en aille dans la lune suivi du cheval. Avant, il montera sur le cheval comme un archer, se pointera le nez dans les nuages.

Le froid a commencé d'engourdir les jambes et le dos. Jonas se sent bien ainsi. Le loup et le cheval se sont arrêtés pour respirer très fort, reprendre le souffle qui continuait de se voir au-dessus des épaules de Jonas. Il pense que, si le cheval et le loup tournaient dans l'autre sens, à l'envers, il reviendrait à lui dans le temps. À reculons, les animaux ne peuvent courir. Jonas est donc obligé de faire son temps, même s'il est viré à l'envers. Il se sent de plus en plus mou, il a l'impression d'entrer dans la neige en fondant, seul son corps se dessinera à la surface, il enfoncera de trois pieds et à la prochaine tempête on l'aura perdu de vue. La neige aura fait un grand remous dans la poudrerie et Jonas sera descendu entièrement à l'intérieur.

Pourtant étendu de tout son long, il commence à sentir une sorte de chaleur dans son ventre. Ses lèvres s'ouvrent pour appeler sa femme Catherine. Il ferme les yeux et soudain la neige devient brûlante dans son dos et sur ses cuisses. Il ne sait plus si c'est sa main gelée qui broute en le caressant. Catherine prend le ventre de Jonas entre ses mains et boit la vie à grandes gorgées. Il n'est plus question de fermer les jambes. La crevasse s'est abattue sur le corps de Jonas. Ses pieds sont figés mais tout l'intérieur de Jonas bouge dans la chaleur du ventre de Catherine. Une grande vie se soulève en lui, une germination monte de ses veines, une grosse naissance se prépare entre ses cuisses durcies. C'est dans un grand cri que tout cela va se produire. Catherine écartera les jambes jusqu'aux arbres et les oiseaux viendront plonger dans son nid. Jonas a de grandes ailes vertes et jaunes. Il descend comme une feuille, sur le dos, la tête à la renverse, mais avec beaucoup de douceur et d'affolement. Il se laisse couler dans la crevasse humide et chaude comme une bêche. Il a l'air de se tasser dans le fond, pétrir le lait comme un fou, avec une vraie scie. Il émerge, puis s'agrippe de sa main qui n'est pas rongée. Il se ligote à l'intérieur du chaud et ça fait un beau ronflement. Il se demande pourquoi la mort est une femme aussi chaleureuse, pourquoi il n'a pas peur. Mourir est aussi beau que faire l'amour.

Il n'a plus cette image d'une momie vide et qui sent mauvais de la bouche. Une momie pleine de terre et d'eau, de la boue plein la poitrine. C'est Catherine qui l'aide à venir dans la mort, une belle bouche juteuse et chaude. Le soleil est devenu blanc comme la lune, une grande vitre ronde et pleine de givre. Le froid coupe la voix du loup qui s'est mis à geindre, pendant que Jonas tombe dans une mort douce, raidi, couvert de neige. Un grand bloc de glace sur le dos d'un cheval, un cercueil retenu au ventre du cheval avec une sangle. Le cheval monte vers la lune par un grand escalier. On n'entend pas le bruit des sabots. Rien de bruyant non plus dans le souffle du cercueil. Seulement du liquide qui coule doucement par le bras de Jonas.)

Je rêve, c'est sûr. La sueur a commencé de m'envahir la tête et les manches de chemise. Tout Sainte-Rosalie est blanc sous les aisselles. Le froid pique le sang sous la peau. Je ne vois plus mon oncle Ernest. J'ai les yeux engourdis et j'ai de la misère à les rouvrir. La neige me semble liquéfiée sous mes pieds. Il faudrait que je coure pour rattraper Émile et mon oncle Ernest. Mais je ne sais pas dans quelle direction ils sont allés. Je me suis perdu dans cette maudite forêt, c'est bien certain. Je ne sais plus si Sainte-Rosalie est au Nord de moi ou en arrière. Si au moins je pouvais entendre les pas du cheval, je pourrais suivre les bruits et calculer les distances. Je sens que ça va me prendre du temps avant de me retrouver. J'ai oublié ma montre dans la chambre après avoir fait l'amour avec Geneviève. J'aurais dû me faire un plan de cette forêt. Tracer un chemin avec un crayon feutre pour me reconnaître. Apprendre le nom des arbres et des bêtes pour savoir si je suis encore à Sainte-Rosalie. Je suis complètement perdu dans ce fouillis d'arbres, dans cette forêt qui n'a même pas de nom.

Si je m'assois, c'est la fin. Je peux toujours entailler les arbres. Mais pour qui? Je m'acharne à écouter le vent qui ne transporte aucune voix. Le cheval a sans doute arrêté de galoper. C'est le vide, le maudit silence. Je commence à traîner de la patte. Je n'ai aucune nourriture. Et le froid qui recommence à entrer dans ma peau. Mes bras sont devenus des ailes rigides et peu faciles à manier. Les raquettes sont comme des menottes aux pieds. Ma nuque est sèche. La neige fait une couverte glacée sur mes épaules. Il y a des crevasses près des arbres.

Je me rentre le menton dans mon foulard. Heureusement que ma respiration est encore chaude; ça me fait un collier agréable autour du cou. Peut-être que je suis devenu sourd et aveugle. Le silence est effrayant, avec les arbres vides et crispés par le froid. Tout est sec et lent. Suis-je transparent dans cette forêt pour ne plus me reconnaître, ne plus pouvoir percer le froid avec mes dents? Des fois, c'est une façon de ne pas mourir. Comme la ville me serait rassurante! Si au moins je retrouvais tout à coup mon enfance. Que les arbres me viennent en aide. Où est le bord de la forêt? Il me semble que j'ai vraiment perdu la boussole. J'ai encore perdu le Nord. Je suis cerné de partout par le silence, contrôlé par la Mort. J'ai la tête imprécise comme le soleil. Le froid est un malaise. La neige m'oppresse. Je suis enchâssé. Mon souffle s'écoule dans le vide tel un muet. Je me trouble, parce que je ne suis pas capable de démêler cette forêt qui est en moi et qui occupe le grand espace. Je m'incommode dans ce village, loin de chez nous. Je m'inquiète à mesure que le froid me harcèle pareil à l'horizon pour un myope dans le désert.

Soudain derrière un arbre, juste là, je vois une grande louve. Elle m'a suivi depuis tantôt. Elle court en rond autour de moi maintenant. Elle ne porte presque pas à terre. Je la trouve belle, légère mais puissante. Elle fait des sauts hauts comme ça. Je me sens bien fragile et incertain. Je suis angoissé. Saisi encore une fois par l'idée de la mort. La mienne, cette fois. Ce n'est pas rose. Pourtant, il n'y a aucune raison pour que je meure puisque je suis à la recherche de Jonas avec Émile et mon oncle Ernest. Mais où sont-ils? Est-ce la neige qui m'a fait perdre leurs traces? À moins qu'ils me suivent en arrière? Je me sens renfermé, cerné, dans cette forêt, semblable à un fou devant un grand loup. Comment ne pas réagir en homme? Comment dérouter cet animal? Il doit pourtant y avoir un moyen de conquérir la peur comme d'apprivoiser la mort. Comment détraquer le cerveau d'une bête? Surtout ne pas laisser croire à l'angoisse. Dérouter à tout prix. Qu'on n'y comprenne rien pour garder sa folie, pour protéger sa vie. Pour soi.

La louve s'est mise à hurler pour me faire peur. Parce qu'elle a peur. Son œil. Ne fixer qu'un œil, toujours le même. Celui de droite. Entrer dans la tête de la bête avec force. Lui faire peur à l'intérieur. Elle hurle encore. Hurler plus fort qu'elle. Plus fort que la faim. Le cri est la meilleure attaque. La meilleure saisie.

Elle me barre le chemin. Peut-être que si je saute sur place en criant... Non le mouvement attire. C'est comme une ville. J'étends les bras au-dessus de ma tête pour remplir plus d'espace et faire croire que je suis plus fort. Comment Jonas peut-il aborder les loups? Peut-être que si je me mettais à rire? Lui crier des injures. La détruire. Comment la tuer? Je suis sans armes, comme une bête folle.

(Geneviève me saisit par le cou. Elle me mâche. Elle serre très fort. J'aime beaucoup ces gestes brusques qui font mal sur le coup mais qui sont d'un plaisir à conquérir. Elle rit. La succion est douloureuse mais familière. Les dents aspirent en croquant.)

J'entoure l'animal de mes deux bras et je serre de toutes mes forces. Parce que c'est bon, il m'est facile de serrer. J'entre dans l'animal qui ne lâche pas. Nous hurlons ensemble maintenant. Alors la louve croque l'autre côté du cou. Elle n'est plus capable de se déprendre. Puis les crocs sur les joues alors que le sang se promène sur la langue. Je serre si fort que les yeux s'ouvrent comme des allumettes. Je la retourne pareil à Catherine. La louve se débat comme une folle entre mes poings. Mon ventre maintenant dans son dos. C'est chaud. Elle crie comme une femme. Elle griffe de toutes ses pattes. Puis elle s'écarte pour mieux se précipiter sur moi encore. Ses pattes de devant m'égratignent la poitrine. La mâchoire est dure. Elle ne desserre pas les dents sur ma bouche. Nous roulons dans la neige comme des enfants enlacés. Nous sommes fous. Je ne sais plus quand j'embrasse, quand je mords, quand je crie ou quand je ris.

Voilà que la tête des arbres s'enroule autour de nous. Il ne manque que le cheval. Nous tournons en forçant le manège. La tête contre les arbres fait un bruit sourd et rassurant. Des morceaux de cheveux restent collés aux arbres et ça fait des feuilles très belles. Je n'en crois pas mes yeux tant nous tournons. Je suis à quatre pattes et la louve me suit, me cherche, me prend. Des fois c'est elle qui n'en peut plus de tourner plus vite que moi. Nous n'en reviendrons jamais, ça tourne si loin dans le ventre et le cerveau. Peut-être que c'est ça, la mort: tourner en rond comme des fous.

Le sang s'est mis en caillots sous le nez et dans les yeux. C'est plus difficile à supporter dans les yeux. La louve s'étend pour ne pas être tuée. Elle fait le rond du fœtus comme un chien qui a besoin de caresses. Elle continue de manger une partie de mon ventre. Parfois elle me regarde droit dans les yeux. Je ne vois plus rien maintenant car mes yeux sont bouchés par le sang.

Mon oncle Ernest ne sera pas content parce que je me suis perdu. Je ne cherche plus à quoi peuvent ressembler les traces sur la neige. Jonas est mort sans doute et moi aussi. Et c'est ma tante Blanche qui raconte cette histoire à Geneviève et à Catherine parce qu'elles n'ont pu nous retrouver en forêt. Elles sont à Sainte-Rosalie, perdues elles aussi dans l'hiver québécois. C'est un pays de fous où l'on se conte les plus grandes peurs. Jonas n'a pas entendu le loup venir.

Je déteste les enfants qui crient. Il y en a pourtant plein les branches comme lorsque j'étais jeune. Alors nous faisions une ronde autour d'un chien pris par la patte dans un piège. Je ne retrouve plus la chanson que l'on chantait alors. Comment pouvait-on dresser la table autour d'un lièvre? Ma mère et ma tante Blanche sauraient quoi faire. Comment tourner en rond pour danser avec un enfant mort dans son gros ventre? Un instant j'ai pensé à cette phrase: «Un ventre c'est comme un tombeau». Une sorte de fosse qu'on essaie de creuser pendant neuf mois. Et il faut sortir parce que la solitude est pénible. Puis après, les enfants de Sainte-Rosalie s'avancent avec le vertige des corbeaux vers un grand trou qui s'appelle la Vie. On roulait tranquillement le temps comme on roule sa première cigarette. L'onglée, cet engourdissement des doigts par le froid, ralentit le temps.

Il faudrait que je trouve Jonas. Ce n'est pas facile puisque toute la forêt est embuée jusqu'au milieu des arbres. On ne voit plus rien. Je suis difficile à localiser. Il y a trop d'arbres morts: même le froid ne les fait pas crier, puisqu'ils ont la peau gelée. J'ai peur que la nuit commence trop vite. Je vais mourir de faim. Pourquoi l'enfance ne revient-elle pas? Bâtir une cache. Se nourrir en forêt comme les Indiens. On peut manger certaines racines mais lesquelles? Surtout en hiver. Maudite enfance qui ne me rentre plus dans la tête! J'ai la tête morte comme un vent trop mou et chaud.

Je voudrais m'en aller chez nous, dans le chaud de Geneviève. Plier ma tête sous mon bras et redescendre au village, traverser Sainte-Rosalie à pied, avec sur les épaules, à la place de la tête, une belle louve. Je sens bien que l'hiver et le froid me tiennent, que je suis pris pour rester en forêt jusqu'à ce que le printemps vienne dégourdir ma tête, mes bras, mes jambes et mon ventre. Que je devienne un animal au plus vite pour survivre dans cette forêt maudite! Si je dois mourir, que je meure au moins comme si j'étais chez nous. Mourir au moins dans les bras de Geneviève, dans la chaleur du ventre, avec ma tête encore sur les épaules et le cou de Geneviève. Lui perdre connaissance aux épaules, lui figer les genoux de fatigue, me briser les mains dans ses cheveux. Et la salive qui laboure le ventre avec cette lumière dans la forêt. Faire pendre mes yeux encore une fois sur les cuisses, puis étendre les mains comme sur une longue table à blessures.

Qu'est-ce que j'ai à m'ennuyer des coudes et des rides de Geneviève? Je pense qu'il faudra aussi prendre les seins de Catherine en pension. Dérouler dix mille doigts pour continuer les deux femmes. Je ne suis pas sûr que ce soit la respiration de la louve qui a crié, mais peut-être une balle de fusil, qui fait mourir la tête dans un hoquet. Alors on mettra mon corps dans un récipient noir comme un vrai cercueil, pour me planter dans la terre. Alors je sortirai au premier orage comme une momie et j'irai me promener à Sainte-Rosalie pendant trois longs jours. J'étoufferai la louve dans un bois, je suis un voleur de pièges.

Je ne sens plus mes chevilles. Elles sont en trop, comme des griffes qui ne repoussent pas. J'ai l'impression que, si je me clouais une main à un arbre, je ne sentirais rien non plus. La seule vie ne peut venir que dans le creuset du ventre de Geneviève ou de Catherine. Boiter comme une couleuvre jusque dans les vêtements de l'hiver. La tête me tourne comme une veillée bien remplie. Mon œil doit sentir la résine maintenant; une sorte de plaie endormie par les dents de la louve. Ma bouche est dure et gelée comme un caillou. J'ai la sensation d'être à plat ventre dans ma gorge, dans Geneviève. Je suis plein des poils de la louve. Les griffes m'ont fait des dégouttières aux oreilles. Je suis aveugle et sourd maintenant. J'aimerais bien m'éveiller dans mon propre sang, même si j'ai les tempes éclatées.

Je crois bien que je pleure, je larme, avec du plomb fondu dans les yeux. Je suis à peine taillé, tel un arbre trop jeune, comme les enfants de Jonas. La mort me jette tout de suite à la renverse, comme la haine. Alors je veux calquer Geneviève sur Catherine pour tenter de faire des empreintes élégantes dans leurs veines. Et je ne veux plus sortir de ce pays, où les louves se glissent.

Je n'ai pas fini de fondre sur la neige. Je suis encore tout fumant. La neige est une grande buveuse, les jambes écartées, c'est un nid, elle nous bouche les oreilles. Elle est en croupe sur le pays, battue, arpentée même si on y faisait des cernes. Elle rit quand elle est ouverte par nos pieds comme une grosse bouche. La neige est entassée sous les semelles des hommes de ce pays. Elle étouffe, se fait gratter le dos, sans gestes, se fait grignoter du pied. Elle va sécher et s'éponger bientôt au point de disparaître. Elle est parcourue par nos semelles en des hennissements qui se changent, dans la forêt, en hurlements. Elle ne se calmera pas de l'hiver. Elle s'installe comme le scorbut, elle chauve l'herbe folle, elle avorte le pays dans un grand bain de lait. C'est à en perdre conscience. Elle arrive et reste telle une hémorragie du ciel, des vidanges qui lèchent les pieds, s'effarent, comme si les arbres étaient rasés jusqu'à la nuque.

Nous avons affaire à une monture blanche qui nous colle dans le dos pendant six mois, qui nous fait rentrer le crâne dans le ventre comme des vieux. Nous aurions besoin du gros sel dans le cerveau pour nous réchauffer et faire une belle bouillotte, parce que nous sommes dans un pays qui n'a pas connu les bombes sauf sur les seins des femmes. C'est pour-

113

quoi nos oiseaux s'enroulent dans les angoisses des ailes. C'est pourquoi la ville est laide à voir au grand jour, comme des tombes d'enfants qui gèlent et qui s'enrhument. Alors on cache le corsage des femmes. Les chats deviennent mauvais et délirent toutes les nuits parce qu'ils sont en chaleur.

Et les femmes deviennent baleinées par des enfants qu'elles cachent dans leur ventre, et la mort occupe l'entrée dans les jambes. Les hommes de ce pays coulent à sec. La terre ne va plus se noyer dans le sang ou le lait. Le pays se taille dans les intelligences.

La forêt de Sainte-Rosalie est une folle. Elle a de la barbe et la bouche ouverte. Il y a des seins dans des branches sans enfants et des cheveux par-dessus les branches. On y entend des cris tels des gestes sourds et longs, des mains bleues de froid, des têtes tellement sans oreilles. Les arbres ont l'air de vieillards sans dentiers. La seule tiédeur, c'est lorsque les animaux ont des enfants dans le sec de l'hiver, comme une blessure ou une caresse. Ils viennent au monde en des larves et comme des torches.

On se cloue à la tête des femmes. On y reste gravé, comme un œil de poisson dans un aquarium. Avec Geneviève et Catherine je me demande si les oiseaux sont vrais car, dans ce pays, les oiseaux se gonflent au fond des ventres. Pourtant je trouve parfois que le gel est plus doux. La neige aussi. Comme un sable mouvant, devient gluante, et c'est quelqu'un qui se noie, figé dans un pays de fous, comme une banquise qui oscille.

Nous sommes drôlement venus au monde. Hébétés par l'hiver et captifs. On se fend la tête par des coups saccadés, pour bâtir un projet de pays neuf. Le pays sauvage apprendra l'alphabet pour grincer davantage, dans une étreinte de flamme. C'est alors que nous avons fait des villes intérieures presque mortes d'avoir aimé la mer. Ce pays aux enfants dans la lune travaille la santé de la jeunesse, pour en faire des oiseaux. Les arbres y sont de plus en plus mal à l'aise et les maisons trop lourdes. L'impatience s'est installée dans plusieurs têtes. La terre ronronne encore à l'ennui véritable, avec un oiseau qui n'a plus d'ailes, comme un chien aveugle qui mange l'oiseau, et son estomac est un réchaud.

Tous les enfants du pays tirent leur origine de l'eau. Ils sortent de la mer avec un cheval, pris aux pièges et ravis, couvés par des hiboux ou des chèvres succulentes. Dès leur venue, ils détestent l'hiver comme la scarlatine. Ils braillent avec précision avec des couteaux aux flancs des poissons. Ils bavent des cris. Puis ils reniflent quand arrive l'âge adulte. Ils digèrent leur salive en parlant beaucoup de rêves. Ils s'inventent un pays qui se tord en son nombril, vomitif, enfariné de neige comme une lèpre, ou encore comme un vieux crachoir qui cherche sa santé et sa graisse. Et nous rêvons.

Comme les oiseaux sont brûlants même en hiver! Le matin, nous sommes infatigables. Nous pouvons faire éclater les racines. Comme nous sacrons par-derrière nos tuques! Nous possédons la fragilité de la langue. Les rengaines dégringolent. Nous ne sommes pas capables d'égorger toutes les rues, et nous sommes un pays épuisé. Que nous avons peur de dormir à la lumière! Nous sommes un peuple acclimaté. Nous avons des détersifs télévisés. Nous digérons des génies et nous accouplons nos chiens entre eux. Que l'on a mal au ventre, dans une tombe!

Nous sommes englués de baves et de ronrons de chats. Nous avons des moustaches pour cacher nos grimaces et nous n'avons d'autre langue que notre cri.

Tout ceci faisait partie des commandements de Jonas. C'était la liqueur des cerveaux ou des coups de pied. Juste avant de mourir ou de cracher le sang. Il y a longtemps que nous nous sommes tenus en bride dans nos enfants bien nés. Ça fait un bout de temps que nous avons la peau lisse et la langue fraîche, comme un chaud fumet de femme. Car c'est par la femme à demi close que nous venons au monde, que nous éclatons dans des allumettes. Nous avons des tresses de bave à dire. Nous avons à foutre le camp dans notre tête même en lambeaux. Depuis longtemps nous ne faisons plus d'accolades stupides au fleuve et à l'hiver. Depuis longtemps nous sautons sur des têtes comme sur des déchets. Nous lâchons notre fou dans les repas de famille et au fond de nos cerveaux.

Nous avons fini d'avoir la tête sur l'enclume des oreilles de loup. Nous avons fini d'avoir des cailloux aux gencives. Nous ne sommes plus des morceaux d'enfants qui lèchent la danse de nos chiens aveugles, une bêche qui frappe le cerveau. Nous n'avons plus le trac, scandé par des bouches d'écorchure, comme des pistolets, des balles blanches couchées au creux de l'œil. Nous nous sommes défoncés de toutes nos forces comme des affamés, des écorchés, qui ne desserrent pas les dents depuis trois siècles.

Jonas racontait le don de la parole. Affolé d'ê-tre aussi beau, comme un cheval sans langue. Il a perdu le goût de la mémoire avec le cidre. Puis le sang lui a fait mal au ventre pendant qu'il dansait avec ses enfants, avec ses chiens. Il était un triste bouffon pour avoir autant de jambes. Mais surtout, il avait un cœur au bout de la patte, comme la louve, même quand il avait la tête crevée par une musique à fendre l'âme. Une musique de forêt à perdre le loup de vue. Une musique à se mettre à quatre pattes comme un homme qui descend de son cerveau, détrempé de peau lisse, bossu, qui a peur, et qui plie son ventre tel un bouffon qui saigne de la bouche.

Pendant tout ce temps, Geneviève était devenue une brisure, coupante à la gorge. Elle s'était installée dans la bouche comme une chique, assommée en un vrai cri de femme dans le fond de la nuque. Hurlante au fond de sa lingerie, une cloche ou une lanterne; je ne saurais dire. Pourtant elle souffle frais sur le pays écoulé. Nous enroulons nos têtes de temps en temps sur une corniche à cheval. Notre sommeil est flanqué d'eau douce, blanchi par la neige qui crève le ventre, criblant de froid les jambes où je pose mon front chaud. Et je houle pendant que la tête me tourne et que la terre se fixe à Geneviève, telle une boule de neige. Je rôde à son ventre dans une vraie scie bondée de son sang. Je me ligote dans un renflement qui n'est pas le mien. Je déteste que Geneviève veuille un enfant qui ne sera pas de moi, une lèvre étrangère dans le cerveau. Je veux que cet enfant soit celui de Catherine. Un soleil de la cuisine au salon. Le lit aura craqué pour rien, comme une chemise qu'on enfile tout seul. Alors on se dit que la tête a besoin de secousses, c'est un jour de mort. Je sais que je retomberai dans mon silence de tantôt, comme un fou.

À moins que l'enfant soit vrai. Alors nous ne serons pas essoufflés pour rien. Nous aurons calé ensemble de la plus haute marée. Je sais que nous sommes à l'intérieur des terres. Alors nous prendrons une bonne heure pour le faire. Ce sera la plus belle menterie du monde qui se frôle, la hanche à ton cou. Je t'aime. C'est à n'y pas croire. J'irai en forêt avec personne à bord. Je serai eau et je coulerai à pic dans ton ventre, comme un rêve, une fièvre dans une tombe.

Je marcherai sur un coup de hache parce que je m'ennuie de tes cheveux. L'envie sera tel un enfant, blessé d'avance et qui suce le sang des louves. Je t'embrasse de face, Geneviève! Tu as été un panache vu de dos. La lumière n'a pas fini de devenir un soleil. Je ferai attention pour ne pas tomber amoureux. Je te vois en une tasse de café double, qu'on fume par le nez, telle une joue fendue d'un coup de lèvre, gonflée et qui déborde sur la poitrine. On ne peut s'être frotté aux jambes de la forêt sans avoir plusieurs peurs.

Je te demandais la ville comme un fou, comme si elle pouvait sortir de ton ventre. Une moulure, bruissante de liquide, plus vivace que laiteuse. Je m'y gorge, j'y détonne, de la sève dans nos écroulements de bras, des filets qui circulent par étouffements, par ventres d'ici, vêtus de nos velours solides, des terrassiers ou des soudeurs d'épaules. C'est la neige...

La neige, une ampoule électrique, mouille les épaules, attiédit les dents comme un parfum. La neige fait une pipe aux plumes. Nous avons des pieds pour aller vers les belles filles, en faire des briquets dans l'os des genoux et allonger les jambes sous une grande nappe à café. Je me surprends de mes roches pour t'en faire un châle. Ce n'est plus possible, car les roches sont cassées par mes yeux, en faisant bien. J'ai l'impression d'avoir des mitaines qui réchauffent des plis dans le dos. Il fait, de toute façon, plus blanc dans tes veines, dans ton châle, dans un ventre bien chaud. Pendant quelques caresses, la neige s'est sentie comme une femme. Et j'en suis pas revenu.

LA SEPTIÈME PORTE

Jonas est étendu de tout son long. La tombe n'a pas été fermée malgré le bras rongé. On a déposé un grand linge noir sur les mains. On voit que le collet de chemise a été remonté plus qu'à l'ordinaire. Il y a une douceur dans les traits du visage. Une espèce de sourire que je déteste chez les morts mais qui va très bien à Jonas. Le front est haut. Il a gardé cette allure fière des grands arbres, même si Jonas fait la planche. Le cercueil est en bouleau. Il disait que c'était le plus féminin des arbres.

«Jonas est mort». Cette phrase circule plus vite qu'un lièvre. Tout Sainte-Rosalie s'appelle, s'avoisine, se visite pour annoncer la nouvelle. «Avez-vous su...» On n'en dit pas plus parce que tout le monde le sait bien avant que les voisins viennent dans les maisons. C'est mon oncle Ernest qui est allé l'apprendre à la Mornifle.

Ça sent mauvais dans la maison de cette femme. «Bonjour, madame Grenon. Avez-vous su pour Jonas?» Elle dit: «Oui, je vous ai vu passer avec le corps». Mon oncle est sorti. Non, non, mon oncle est un peureux. Je lui aurais raconté, moi, comment Jonas est mort. C'est ça qui est important.

La Mornifle est une grosse femme. Une femme double. Grosse tête à double menton. Le nez large.

Des épaules d'homme. Des seins énormes et retombant sur le haut du ventre. Deux grosses boules rondes qui apprivoisent à première vue et un ventre à posséder les plus beaux fils du pays. (Faire l'amour en lui voilant la face. Entrer dans ses cuisses juteuses et lourdes. Elle relèvera le bas de sa jupe jusqu'à mi-cuisse. Toujours assise en face de moi. Les enfants sont dehors. Ô la senteur du chou bouilli qui entre dans ma tête! Ô ce sourire sans dent et cette langue qui glisse sur la lèvre supérieure et le menton qui s'allonge bien bas! Ne pas regarder le visage. Seulement la poitrine énorme qui commence à se soulever dans mes yeux. Elle descend un peu plus bas dans sa berçante. Le ventre maintenant qui bouge, qui avance et recule, les cuisses qui se vrillent pendant que la jupe monte vers le feu. Mes narines maintenant si larges: les grands respirs et toute cette dureté dans mes muscles.

La Mornifle détache les boutons de sa blouse. Elle se lève et se place debout, les jambes écartées, avec un lent mouvement des hanches. La blouse est grande ouverte. Ô que le sourire est laid! Ne regarder que les mains qui dégonflent le soutien-gorge par derrière. Ô les seins pleins de lait! Tout le ventre maintenant présenté avec ses enflures. Tous les plis derrière quand je la suis dans la chambre. Le lit qui craque quand elle s'étend avec ses grosses jambes et les bras tendus vers moi. Je ne veux pas embrasser cette bouche qui pue. Seulement les seins, les entrer dans ma bouche, mon nez et mes yeux. Sentir dans ma main tout le liquide du ventre qui s'échappe par la fente des cuisses. Entrer la main durement, fouiller ce creux pour entendre les cris rauques, râleurs. Puis pénétrer difficilement dans le ventre en broyant les seins. Ne plus entendre que le cri des gestes en fermant les yeux. Et la Mornifle qui perd le Nord, qui perd la tête: «Jonas, ton deuxième fils sera normal... Entre Jonas... Défonce-moi...» Elle criera encore longtemps le nom de Jonas, puis elle cachera son visage affreux dans l'oreiller pour faire boire ses larmes. Elle sanglotera longtemps couchée, nue, sur son vieux lit. Le diable se sera enfermé dans le ventre de la Mornifle pour neuf mois).

Jonas avait dû s'étendre plusieurs fois dans le ventre de la Mornifle. Je me souviens qu'il était le seul au village à caresser la tête des enfants monstres. Jonas sera descendu directement en enfer bien que le curé eût versé beaucoup d'eau bénite sur sa tête. Était-il encore vivant dans le ventre de la sorcière à soigner le pays, à faire son possible pour ne pas mourir, à nommer le pays? Maintenant étendu dans le vide, Jonas doit avoir la gorge sèche, pleine d'ouate, les narines sans haleine et rien que du froid dans le ventre et dans le dos. Ne plus penser au visage de la Mornifle. Reposer l'âme de Jonas sur les seins, dans le ventre, dans la vieillesse. Se traîner dans la fente et y mourir comme un arbre, sans que les jambes cassent. Le feu qui brûle dans le ventre de la Mornifle c'était donc ça l'enfer. Ce n'est pas possible.

Je déteste la senteur des fleurs quand il y a un mort. Il y en a trop, ça pue. Et tous ces gens que je ne connais pas, comme lorsque mon père est mort. Et mon père qui ne me connaissait pas, qui ne voulait pas. Au fond, Jonas est bien. Il a fini de faire des monstres. Ils viendront, c'est sûr. La Mornifle les forcera à se mettre à genoux même si ça fait mal aux membres infirmes. Pourquoi Jonas n'a-t-il pas tué

123

ces enfants monstres, laids, plus affreux que leur mère? Ça aurait été facile à la naissance pendant que la Mornifle est tombée sans connaissance. Étouffer cette laideur puis aller l'enterrer en forêt. Tout aurait passé sur le dos de la sorcière.

Il fait chaud dans le salon où je suis revenu avec Geneviève et mon oncle Ernest, pour montrer le mort à ma tante Blanche. Elle pleure et ça lui fait mal au ventre. Elle avait dit qu'elle ne voulait pas rester longtemps. Seulement saluer Catherine et (pour la première fois de sa vie) embrasser cette femme en douleur. Catherine est encore plus belle dans le noir, plus mince. Geneviève l'a aidée à se maquiller un peu: pas trop aux yeux au cas où elle éclaterait en sanglots; ça coulerait tout noir sur les joues. Geneviève veut bien s'occuper des enfants. Mais non, ils demeurent debout à côté de la tombe, comme des piquets, sans comprendre. Alors ils pensent à de grandes chasses aux loups avec tous les hommes de Sainte-Rosalie. Martin, le plus vieux, se dit qu'il vengera son père. Il ira tuer tous les loups de la forêt. À chaque automne, il partira avec son fusil. Il appellera le loup. Le loup viendra. Alors, comme un homme, le fils de Jonas tuera le grand loup qui a dévoré son père. Jonas lui a appris très jeune que, contrairement aux hommes, les loups ne se mangent pas entre eux. Le fils de Jonas se vengera. Son père était donc plus faible qu'un loup. Il était mort à cause des loups, des diables et des fantômes de la forêt. Ces fantômes viendront veiller le corps de Jonas pendant toute la nuit. Jonas s'assoiera dans sa tombe. Il tentera de desserrer ses yeux collés aux paupières, ses dents ne s'ouvriront pas. Il bougera une seule main, celle qui n'a pas été rongée. Il parlera avec cette main comme dans une grande colère. Alors on criera partout que Jonas est habité par le diable. Assis dans ce cercueil, il demandera à boire et Catherine apportera du vin avec une paille pour faire un petit trou entre les lèvres soudées. Alors le liquide montera dans la paille et se logera dans le ventre de Jonas. Il ne pourra plus jamais le cracher, même par les yeux. C'est ainsi que les démons se rangent mal dans la tête de Jonas. Pourtant ils sont là, insoutenables, comme s'ils s'étaient tous donné rendez-vous dans le ventre de Jonas. La vessie se gonflera de pus comme le crâne et Jonas commencera à avoir peur de la mort. Il espérera un grand coup de hache pour se fendre la tête ou les épaules trop lourdes. Alors il se recouchera dans sa tombe et un liquide épais et lent coulera du cercueil. Puis ce sera le calme, la blancheur du vide. La peau séchera, se fendillera aux jointures et aux cuisses. Le ventre sera désenflé, les yeux, tournés à la renverse, entreront dans la tête et entreprendront ainsi un long voyage intérieur. Le cœur se déplacera lentement vers l'intestin. Tout le corps se retournera à l'envers dans un retour fou vers la première vie. Ainsi commence l'homme avant de partir comme un grand oiseau mou et sans pattes, un drap blanc.

Tout le monde s'est arrêté de parler ou de prier. La Mornifle vient d'entrer avec ses deux enfants monstres. L'un des enfants se gratte le nez comme un singe. L'autre est rouge de peur ou de honte. Les gens ont fait un grand trou devant la tombe pour laisser passer la laideur de ces trois têtes. On regarde par en dessous dans le silence. On ne sait plus quoi faire puisque la Mornifle vient de fracasser l'espace du mort. Elle s'agenouille en forçant ses deux enfants à faire de même. Ses grosses lèvres bougent pour prier.

La poitrine a l'air gonflée d'un immense sanglot qu'elle s'efforce d'avaler à chaque minute. Elle fait retomber un de ses fils qui voulait se lever. Il se met à pleurer en silence quand la douleur de ses genoux monte jusqu'à ses yeux. L'autre s'évertue à rester en équilibre à cause de sa grosse bosse dans le dos. On dirait que la Mornifle entre ses yeux rouges dans la tête du mort. Elle a peur de finir par se frapper la tête sur le bord du cercueil comme sur une enclume. Quand elle mourra, il n'y aura personne pour se frapper la tête sur la tombe. Elle crie en dedans de son ventre comme un chien qui se jette dans le vide. Elle se parle toute seule, en mordant sa langue. On dirait une vraie folle.

Les gens du village se regardent. Certains sont très étonnés de voir que la Mornifle a osé venir au salon. D'autres ricanent en la montrant du menton. Quelques hommes se font des signes en montrant le derrière large de la femme et en dessinant une énorme silhouette avec leurs mains. Leurs femmes les regardent de travers, comme si elles étaient jalouses de l'excitation qu'a provoquée la Mornifle. Puis les conversations reprennent ainsi que les prières. Je regarde cette femme agenouillée devant le cercueil avec ses deux enfants. De dos elle ne paraît pas beaucoup plus grosse que les autres femmes du village. Je la trouve même agréable à regarder. J'aime ses mollets bombés et ses cuisses qui débordent sur les genoux de chaque côté de la rotule. Elle ressemble à une grosse bête accroupie, tout en rondeur et en largeur. Soudain... (Relever la jupe jusqu'aux reins, baisser la culotte jusqu'à la commissure des genoux, sortir la flèche et pénétrer dans le creux pour faire jaillir le sang).

C'est à croire que les enfants de la Mornifle ne savent pas de prières. Ils regardent partout: en l'air, de côté, parfois en arrière d'eux pour voir le monde. Ils bougent continuellement et la Mornifle resserre souvent sa poigne: soit pour les arrêter de bouger soit parce que le sanglot est trop puissant. Elle donne l'impression de dresser ses enfants à la douleur et au monde.

Tout le village est là. Les vieux qui regardent hébétés, jaloux puisque la mort donne du prestige. Ceux qui ont des tics, ceux qui ne relèvent plus la tête, les morveux, ceux qui bavent, ceux qui branlent de la tête et des mains. Plusieurs ne savent pas quand enlever leur casquette et, quand elle est enlevée, ils la tournent de façon ridicule. Les habits du dimanche sont luisants aux coudes et aux genoux. Les chemises blanches étouffent les cous. Tous les vieux du village ont l'air de pendus au milieu du salon. Leurs femmes sont encore belles. Aussi larges que la Mornifle dans leurs jupes noires. Leurs chapeaux sont ridiculement laids. Parfois elles n'ont qu'un fichu noir attaché sous la mâchoire. Elles sortent leurs chapelets et l'égrènent machinalement. Alors toutes les lèvres commencent à susurrer les prières qu'on n'entend pas. Elles ferment les yeux ou fixent le mort avec de grands yeux vides. Quelques enfants se bousculent des coudes ou du regard.

Les jeunes gens sont entrés et sortis très vite. Un signe de croix rapide, quelques mouvements des lèvres, puis un autre signe de croix et ils se dépêchent de déguerpir pour aller rejoindre les autres derrière la maison. Là ils sortent la bière des autos et boivent un bon coup en parlant de Jonas. Je ne connais plus personne.

— Il avait quel âge?

— On ne l'a jamais su.

— Il était sourd.

— Il connaissait les bois par cœur.

— N'empêche que Catherine fait une belle veuve.

— Tu penses rien qu'à ça.

— As-tu vu la Mornifle?

— Je la prendrais avec une poche sur la tête.

— Faudra te boucher le nez.

— Pas avec la fille à Eugène.

— Elle a pas de seins.

— Samedi prochain, on va en ville.

Ils reprennent ainsi des paroles mille fois prononcées durant l'hiver et toute l'année. Les rêves s'installent dans les têtes. Ils passent tout leur temps ainsi sans bouger, à boire et à rire en oubliant qu'ils sont tristes.

La Mornifle s'est levée. Encore une fois tout le monde entre dans le silence. Elle se dirige droit vers la cuisine où se trouve la veuve. Elle fait un signe de tête à Catherine pour ne pas être obligée de lui serrer la main. Ses mains à elle sont trop grosses et moites. Surtout pour ne pas être gênée du baiser que l'autre aurait de la répugnance à donner. Elle sort vivement en traînant ses enfants qui, en détournant la tête, lancent un minable «Bonjour, Madame». Alors le mensonge se réinstalle au salon, et des images de grande vie coulent derrière la maison où les jeunes gens boivent et rient. Ils vont passer toute la journée ainsi à boire et à regarder les gens qui viennent voir Jonas. C'est une façon de ne pas s'habituer à la mort et de ne pas pleurer. Quand ils deviendront trop bruyants, on sortira pour le leur dire, et ils cesseront pendant quelques minutes pour se réchauffer encore plus, jusqu'à ce qu'on leur dise de s'en aller.

(La Mornifle se rend dans sa chambre pendant que ses enfants restent dehors. Elle s'étend sur son lit après avoir jeté son manteau sur la berçante de la cuisine qui bascule à la renverse avec les jambes en l'air. Alors elle arrive dans sa chambre, détache son soutien-gorge pour respirer plus à son aise. En s'étendant, elle sent une chaleur immense dans ses seins et un picotement laissé par le tissu pressé au bout des mamelons. Elle passe la main sur son sein et commence à gratter avec le bout du doigt. Cette nouvelle sensation lui paraît très douce et, à mesure qu'elle enfonce ses doigts dans les seins, tout le corps commence à se détendre. Elle ouvre un peu les jambes. Elle continue de se caresser les seins mais cette fois avec les deux mains. Elle rapproche les seins l'un de l'autre. Elle se lève brusquement pour baisser et enlever son soutien-gorge. Les deux seins se gonflent par les caresses des mains qui ne cessent de mouler les formes. Ses mains se mettent à descendre vers le ventre et plus bas. Elle entre un doigt dans son vagin en serrant les jambes. Alors elle finit de se mettre toute nue. Puis elle s'enroule sur elle-même en se caressant. Au moment où elle connaît le repos, elle se met à pleurer comme une enfant.)

Avant que les enfants rentrent, elle va prendre un bain très chaud pour se calmer. Elle en sort à moitié morte. Les larmes coulent sur ses joues et tombent sur ses seins mous. L'eau chaude apaise, peu à peu, les hanches et le ventre. Les sanglots s'écoulent lentement à présent comme une petite source dans le cerveau. L'intérieur n'est plus crispé, le ventre s'est déroulé et le calme chaud pénètre les chairs de la Mornifle. Elle s'essuie avec des gestes lents, enlevant de chaque rondeur la sueur et les gouttes d'eau comme la salive de Jonas. Puis elle s'asperge le visage d'eau froide. Ça fait du bien, surtout sur le front où c'est plus bouillant. Elle s'enveloppe dans sa grosse robe de chambre. Bien au chaud. Elle met ses pantoufles et s'assoit dans sa berceuse, en pensant aux enfants qui ont continué leurs jeux dehors. La mort est passée très vite. Jonas a-t-il été vraiment mangé par un loup? Les loups ne sont affamés qu'au printemps. Pourtant il était bien mort. Elle a encore les yeux pleins d'eau et le cœur gros. Ses paupières chauffent, s'alourdissent, la Mornifle chavire dans le rêve et la mort. Elle voit Jonas s'avancer vers elle. Et cette fois où il lui avait dit que pour une folle elle était bien moulée. Elle avait rougi. Le lendemain, elle était revenue au même endroit en faisant semblant de cueillir des marguerites. Alors, ce fut le bois: Jonas lui apprenait le nom des arbres et des oiseaux. Ses protestations quand Jonas l'avait prise près d'un grand chêne. Et la forêt entière qui entrait ce jour-là dans sa tête et dans son ventre. Puis les larmes de joie et de honte, la gène après, et le silence. Alors les craintes et le ventre qui s'est mis à grossir. Se cacher, ne pas montrer le ventre même à travers la porte, s'enfermer dans la cuisine et la chambre. Préparer le lit, le linge pour l'enfant de Jonas. Le curé n'en saura rien. Puis l'accouchement dans la douleur: une sorcière, hurlante de tout son corps et qui tremble comme une feuille, les griffes dans les draps. Et l'enfant qui sort. Ô ce monstre! Les taloches pour le faire pleurer. Cet enfant frappé du revers de la main parce qu'il est trop laid. Les cris de cette petite masse de peau et les sanglots encore dans le ventre. Tout le sang sur les draps et les cuisses. L'enfant qui n'en finit pas d'essayer de bouger, des jambes qui ne fonctionnent pas, et des mains dans les coudes. Le sang a gelé dans les cuisses et sur le corps de l'enfant. La Mornifle est tombée sans connaissance avec cet enfant monstre à côté d'elle. Ce sont les pleurs qui l'ont réveillée. Alors le miracle s'est produit. Comme une vraie bête elle s'est mise à lécher le corps de son enfant avec sa langue pour enlever le sang. Elle rit de ce rire atroce qu'ont les folles en se caressant. On dirait qu'elle est secouée par les cheveux. Elle serre son enfant entre ses deux seins et pleure. La panique est passée.

«Je vais t'apprendre à bouger les jambes et à te servir de tes bras». Puis elle donne le sein à son enfant. «Mange... suce-moi... prends de la vie... Il ne faut pas mourir... Maman est là... Maman t'aime». Cette dernière phrase, elle la prononce dans un immense sanglot. C'est elle maintenant qui voudrait lancer des cris déchirants dans l'espace de Sainte-Rosalie, tout le village, jusqu'à la ville. Que tout le Québec entende, aux quatre coins du Nord, qu'une femme folle et laide vient de mettre au monde un enfant du pays qui ressemble au diable.

Comment sortir cet enfant dans le village? Comment inventer une histoire autour de cet être laid? «Ce châtiment» pense la Mornifle. Pourquoi que l'amour fait des choses pareilles? Cet homme qui était entré en elle, c'était si doux, si bon. Pourquoi Jonas n'avait-il donné qu'une mauvaise semence? Cet amas de chair, plein de sang, cette punition entre les jambes, cette crispation qui sort comme de la boue ou de la fiente. La peur qui fait retenir les reins et l'anus, qui s'installe dans les genoux et les cuisses frémissantes, voulant enfoncer les draps. La grande bouche s'ouvre alors et ça fait mal aux encoignures comme une bouche de bouffon ou de clown. Ce mal est doux, ça glisse comme lorsque l'homme est entré et qu'il a pénétré jusqu'à l'écorce. Il y avait ce souffle fou de pousser la vie en dedans malgré les refus. Et tout le poids de l'homme qu'il faut entrer dans les jambes ouvertes. Alors dans une respiration durcie, fêlée qui va s'accentuant à mesure que l'écorce de la vie s'enfle pour éclater, les reins s'écrasent et se creusent en des gestes insupportables et beaux.

Puis tout s'est arrêté! La forêt ne tourne plus à la renverse. Jonas s'est retourné pour remettre ses pantalons. Il aurait dormi, ronflé... La Mornifle a regardé le dos large de l'homme en sentant la chaleur, la brûlure et le feu s'éteindre entre ses cuisses. C'était peut-être par colère ou pour se venger qu'elle avait gardé cet enfant. Tout était si loin... ou si près. C'était une si épouvantable histoire que tous ces enfants monstres qu'elle voyait dans sa chambre toutes les nuits.

Les murs de la chambre sont pleins d'enfants qu'une vieille momie est venue épingler pendant le sommeil. Le lit est plein de sang et le corps de la Mornifle fait un creux au centre du matelas, comme dans une baignoire. La momie a des enfants qui lui sortent par la bouche. Ils sont difformes et rampent dans la chambre en s'agrippant aux draps salis. Quelques enfants ont réussi à monter sur le corps de la Mornifle et rongent les seins et il en sort une espèce de vase rouille qu'ils avalent à grands traits. Alors la folle prend les enfants un à un et essaie de se les rentrer entre ses jambes pour les faire mourir dans un grand cri.

Avertir les enfants de rentrer. La Mornifle se berce encore sans comprendre ses deux mains qui caressent son ventre. Arracher la robe de chambre, se plier en deux comme une bête en ouvrant la bouche, le menton bien en avant et pousser entre les cuisses dans un geste brutal comme une branche énorme qui s'enfoncerait jusqu'à la nuque et ferait tourner la tête à la renverse. Alors cette lourdeur du corps après, cette respiration à reprendre, cette lassitude à regarder dans les membres qui ont été grattés par des mains qui ne nous appartiennent pas. Tout le corps bosselé par les dents et la salive, planté dans le dos, dans le ventre, écarté comme une porte de grange.

La Mornifle, couchée à terre sur le plancher de la cuisine, revient de son ventre, les deux mains pleines d'une belle salive blanche et brune qu'elle étend sur ses seins. Les yeux à la renverse et transparents, la bouche gluante et les narines larges, écrasée, épuisée mais avec une sorte de contentement aux coins des lèvres. Elle remet sa robe de chambre et retourne dans la salle de bain pour s'essuyer tout le corps à nouveau. La vie et la mort viennent de passer sur elle dans un geste étrange et beau.

Et cet autre enfant... Comment avait-elle pu recommencer...? Cette fois c'est elle qui avait voulu. Elle n'était pas demeurée immobile et le visage caché dans ses mains. Non c'est elle qui avait voulu détendre cet arbre en elle. Avec douceur. C'est bon, c'est beau, ce geste de l'homme qui l'enjambe, qui l'embrasse, qui la radoucit, la vague vers un grand fleuve en dedans, pour se laisser caresser par l'écume

133

qui lisse les seins et le ventre. Surtout, qu'il n'y ait plus aucune peur quand les corps sursautent, s'habiller avec toute la sueur dans les membres, avec tout ce silence meurtri par les respirs. Et l'eau du dedans qui calme et berce, qui se verrouille dans son lit avant de bouillir. Puis l'homme qui se soulève à bout de bras pendant que la moustache vient picoter les lèvres. Les corps qui se redressent et s'engourdissent ensemble, sans plus de douleur que l'arbre qui s'enfonce dans la crevasse, tel un oiseau qui revient dans le nid. Un bel oiseau qui, une fois l'hiver passé, s'en revient dans le Nord, avec beaucoup de chaleur, la descente d'un beau cheval dans le cerveau, le plus beau vertige du monde.

Personne à Sainte-Rosalie ne sait comment ces enfants sont venus au monde chez la Mornifle. Seul Jonas aurait pu le dire, mais il ne parlait jamais ou presque de la Mornifle.

— «C'est une femme qui a du courage pour élever des enfants pareils».

Je pense que la Mornifle se demandera toute sa vie si elle sera encore enceinte parce qu'elle a le ventre chaud comme un incubateur. Aussi parce qu'elle a les seins toujours pleins de houle, flottant au-dessus de son cœur comme une promesse. C'est cette étrange sensation d'avoir l'estomac vide, d'avoir toujours mal au cœur comme Geneviève.

(Dans la cuisine, Geneviève pleure encore). Demain je suis sûr que le cheval reviendra et transportera le cercueil de Jonas sur son dos vers les nuages. Alors tout le liquide s'échappera par les pieds et il y aura un gros orage à Sainte-Rosalie. Non, ce sera de la neige puisque l'hiver n'est pas encore fini. On ne distinguera pas les anges dans le blanc du ciel. Et l'église sera noire de monde. Tout le monde de Sainte-Rosalie sera en deuil. Jonas aurait dit: «C'est une messe bien noire!» J'ignore combien de diables ont commencé à ronger le cœur de Jonas avec des nausées de femme enceinte.

Dans la cuisine, Geneviève boit un café, assise au bout de la grande table. Le murmure des lèvres ne s'entend pas très bien. J'ignore ce que les femmes peuvent dire. La mort nous fait dire des bêtises. Elle dérange tout, embrouille l'ordinaire. Geneviève ne voudra pas repartir ce soir pour Québec. Pourtant il le faut. Je sais que nous parlerons très peu dans l'autobus qui descend jusqu'en ville. On se sentira soudain très seul comme la femme de Jonas qui est allée s'étendre dans son lit pendant que les religieuses du couvent veillent le corps toute la nuit.

Catherine ne dormira pas de la nuit. Elle sentira plus que jamais qu'elle est couchée toute seule. Pourtant une odeur d'homme persiste dans l'oreiller à côté d'elle, mais elle sait qu'elle ne peut plus jaser. Elle ne pourra plus entendre Jonas rêvasser, dans son lit, aux chasses les plus grosses dans les plus grandes forêts du pays. Elle sait que le goût de faire le ménage se perdra et qu'il y aura bien des nuits sans sommeil. Elle sait aussi qu'elle ne pourra plus avoir ce troisième enfant qu'elle désirait tant. Elle va gâter ses deux enfants pour qu'ils oublient leur père. Joseph Bérubé est mort, mais son Jonas à elle n'est pas près de sortir de sa tête. Les larmes mouillent lentement ses longs cheveux et l'oreiller. «Jonas était si doux avec ses grosses mains sur mon ventre. Il était fort aussi quand il me transportait mes brassées de linge. Ô cette fois où il me transporta dans ses bras jusqu'à la chambre, qu'il me déposa sur le lit avec mollesse. Et tout le vertige alors qu'il mit dans ma tête».

Non, Catherine ne dormira pas de la nuit. Les draps sont glacés et vides à côté d'elle. Elle n'entendra plus son homme ronfler. Surtout, elle ne pourra plus garder son Jonas dans son ventre. Cette chaleur qui ne reviendra plus. Ce ventre sur le sien. Les mains qui caressent si bien. Et la cuisine sans odeur de tabac. Les habits à défaire et qui sentiront encore. Le journal qu'il déplie dans la berçante. Et sa voix chaude. Il parle si peu souvent. Il n'a pas l'habitude de parler beaucoup. Faire l'amour longtemps. Ne pas tomber dans le sommeil ou la fatigue. Se souvenir. Il passait des jours sans se raser. Puis, tout à coup, (c'était toujours le dimanche), il se rasait de frais. C'est la forêt qui l'aura donc tué. Il faut s'occuper des enfants. Quelques jours en ville. La peur de ne plus être capable d'entrer dans cette maison. S'en aller de Sainte-Rosalie. Sortir de ce maudit pays. Ce pays pourri où il n'y aura plus d'homme. C'est une journée éreintante. Les gens sont venus par politesse. Les femmes sont retournées coucher avec leurs maris. Cette maison fait peur à Catherine maintenant. Seule dans la chambre d'où Jonas est parti. Il a entrepris une longue chasse, la plus longue chasse qui existe, celle qu'on entreprend seul et sans fusil. Pourtant Catherine a encore une sensation de chaleur dans le ventre, une fièvre. Ça remonte jusqu'à la poitrine, un mal de cœur.

Je ne vais pas être malade. Je déteste vomir. Ça ne peut pas être ça parce que la sensation est aussi douce. Pourtant un petit rot a ramené un liquide amer jusqu'à la gorge. Ô ce goût âcre! Et seule, entourée des meubles qui lui ressemblent. Peut-être que je ne serai plus capable de dormir dans cette chambre. J'irai coucher dans le salon, malgré l'angoisse de voir Jonas dans mon sommeil venir s'étendre à côté de moi, sentir toute sa force d'homme et sa chaleur entre ses jambes. Tout mon côté droit est gelé. Sa tête sur mon épaule, sa cuisse sur la mienne, sa main si douce. Coucher de côté ne change rien puisque la tête me tourne. La chair de mon ventre semble être tombée sur le matelas. Elle ne connaîtra plus les crispations qui me faisaient durcir les cuisses également. C'est la nuit blanche et pour toujours.

Les religieuses prient à voix basse dans le salon. Pourquoi cette jeune fille? Elle a à peine dix-huit ans. Pourquoi être entrée chez les Sœurs? Elle est si belle avec ses grands yeux bleus et ses mains blanches comme des cierges. On peut soupçonner de beaux seins derrière tout ce linge noir. Alors Catherine se met à penser qu'elle devra revoir cette religieuse qui a l'air si douce. Cette insomnie ne vient-elle pas du fait que la religieuse a dit: «Si vous avez besoin de quoi que ce soit, ne vous gênez pas.» Soudain, est-ce le sommeil qui arrive ou l'étourdissement? Catherine se met à penser à cette religieuse. L'habiller comme une vraie femme. Arracher tout ce noir sur elle. Défaire la cornette pour voir les cheveux blonds coupés courts. Détacher le cordon qui retient la chemise en tissu épais. Catherine s'est placée devant la religieuse. Elle descend lentement la chemise noire pour dégager les épaules et les bras. Les mains se faufilent à l'intérieur des manches. Les seins apparaissent chauds et blancs. Catherine descend ses mains dans le cou, sur les épaules et les pose sur les seins. Une grande sensation de chaleur fait ouvrir les bouches qui s'avancent l'une vers l'autre. Et les bras maintenant autour du cou et qui serrent très fort. Les mains de la religieuse commencent à

137

détacher la robe de Catherine qui garde ses lèvres ouvertes en se baissant jusqu'à la poitrine douce. Les ventres se rapetissent, les mains descendent pour tirer la robe, le bas de la jupe. Les femmes s'étendent à terre. Catherine a une grande fêlure dans le cerveau. Elle embrasse la religieuse partout. Le râle est double dans ce rêve des deux femmes. Catherine a la tête entre les deux jambes, comme si elle faisait l'amour avec la Mort. Catherine n'a plus la tête sur les épaules. Elle enlace cette religieuse et se colle sur son ventre et ses seins pendant que la tête, qui s'est détachée du corps de Catherine, se promène dans le salon. Elle va donner un baiser à Jonas dans sa tombe et revient embrasser le corps de la religieuse.

Soudain Catherine pense que les enfants descendront dans le salon très tôt demain matin. Surtout ne pas se rendormir. L'inquiétude remonte à la surface. À moins que ce soit la fièvre. Est-ce possible de faire l'amour avec la Mort? De la caresser comme on jase avec la vie? Entrer dans le ventre de la mort comme s'il s'agissait d'une femme qui n'est pas enceinte. Et pourquoi tout se fait en silence tel un engourdissement du cerveau, dans cette sorte de demi-sommeil qui nous glisse lentement vers la folie? «Demain il n'y paraîtra rien parce que je me lèverai avant les enfants.»

LA HUITIÈME PORTE

Ma tante Blanche n'est pas près de s'endormir. Elle prie dans sa tête une bonne partie de la nuit. Elle récite son chapelet comme lorsqu'elle s'en allait en ville. Étendue à côté de mon oncle, les yeux fixes, elle égrène son chapelet sur son ventre. Sa respiration est lente, presque douce. Elle aime bien prier ainsi, même si cela ne l'empêche pas toujours de penser à autre chose. À mesure que la nuit avance son visage devient plus tourmenté par le sommeil et la douleur.

Ce jour-là, ce sera exactement ainsi. Elle refusera de s'endormir parce que l'oncle Ernest aura été encore une fois plus tendre que la veille. Elle ne retient plus l'eau qui monte dans ses yeux et qui ne réussit pas à couler sur ses tempes parce que tout sèche à l'intérieur. L'oncle Ernest a mis du temps lui aussi à se tourner de côté pour dormir. (Attendre pour mourir qu'il soit de dos pour qu'il ne la voie pas). C'est à cause de la tristesse et parce que les yeux de mon oncle Ernest ont roulé dans une rivière d'eau salée. Et cette voix de ma tante Blanche, une voix d'effort très grand, c'est dans un souffle long qu'elle a dit: «Bonne nuit».

Pourtant elle est contente de mourir à côté de son homme et pas comme Jonas, seul en forêt. C'est plus facile, moins apeurant, d'autant plus que l'oncle Ernest a commencé à ronronner. C'est un ronflement lent, plein de fatigue. C'est depuis le temps où Jonas est mort que la fatigue est devenue plus grande pour les deux, comme s'ils étaient moins affamés de la vieillesse.

Depuis la mort de Jonas, ma tante Blanche a son idée derrière la tête: «Mourir en cachette... quand Ernest sera couché sur le côté... mourir dans son dos...» Mais pour l'instant, il ne faut pas dormir, malgré les paupières qui s'alourdissent même pendant le jour, molles, elles tombent toutes seules. Endurer jusqu'à la fin pour Ernest, pour qu'il soit capable de continuer tout seul, sans femme, sans Blanche, surtout sans enfant. Comment va-t-il faire? Un chien, un animal dans une maison, ce n'est pas suffisant pour rendre heureux. Toute la famille est rendue en ville. Il pourra tout vendre, partir, oui, partir pour la ville, puisque tout sera mort pour lui à Sainte-Rosalie.

L'oncle Ernest a commencé à ronfler. C'est à partir de ce moment-là que ma tante Blanche aimerait mourir. Quand il ronfle, c'est qu'il est bien endormi dans le second sommeil. Alors ma tante Blanche pourra s'en aller, en pleine nuit, pendant que la maison sera vide. Elle marchera vers la mort comme on marche sur le bout des pieds. Elle pense: «Comme Jésus-Christ, comme Dieu, comme un voleur.» Ma tante Blanche se sent plus lourde avec ce cancer dans le ventre. Mais elle maigrit, ses seins ont rapetissé, ses cuisses dessinent les os. «Que fera-t-il demain matin quand il me sentira aussi froide que les draps?»

C'est alors comme une montée laiteuse. Un liquide épais entrant sous les seins ainsi qu'une grande douche à l'envers. Puis une douleur atroce comme un trou immense dans le bas du ventre, la même chose que pour Jonas il y a déjà longtemps. Surtout ne pas crier de peur de réveiller mon oncle Ernest. Les yeux agrandis, ma tante se mord les lèvres jusqu'au sang. Avaler tout ce liquide pour ne pas tacher l'oreiller. Aucun bruit, passer sa langue souvent sur les lèvres pour que le sang entre dans la gorge qui se tord dans le fond de l'oreiller. Elle est toute froide et de plus en plus jaune dans les yeux. Le corps se raidit, les convulsions augmentent, le lit bouge. Le plafond descend de plus en plus bas, le plancher grince. Les murs sont pleins de points noirs qui se promènent comme des étoiles filantes. Elle entend pleurer. À moins que ce soit ses cris, lointains, comme s'ils venaient des murs. C'est tout noir dans la chambre. Les cris des enfants dans les murs sont insoutenables. On dirait même qu'il y a une vieille momie qui ne cesse de courir pour battre les enfants. Elle donne de grandes tapes sur les ventres des bébés. Les murs sont pleins d'enfants giflés, souffletés, raidis dans la douleur et des bleus sur la peau. Oui, serrer tous ces enfants sur son ventre. Surtout crier à la momie d'arrêter de les battre. Les gonflements, cette fois, sous les oreilles comme une cuve pleine d'eau de vaisselle. De la mousse dans la gorge et le cerveau lisse comme du savon. Les doigts s'écartent sous les couvertures, les ongles semblent se retrousser tous seuls. Les jointures ne plient pas. Les picotements sous les paumes, l'engourdissement du coude jusqu'au poignet. Puis les épaules se disloquent, le cou s'allonge ou rentre dans la tête. Que tout cela est lourd sur le front plissé! Et tous ces mouvements de la tête crachent à gauche et à droite pendant que les yeux demeurent fixes. La poitrine se soulève tout d'un bloc et les pieds poussent continuellement, comme sur les pédales d'une bicyclette. Les cris que maintenant ma tante Blanche ne retient plus dans l'oreiller puisque la bile a taché les draps en entier. Tout à coup le dernier saut vers la momie, la dernière galopade pour arracher les enfants du mur. Ils pleurent tous ensemble comme si c'était un refrain dirigé par la momie. Ma tante se soulève d'un coup, elle ouvre la bouche et les yeux de façon démesurée. Affolée, raide et crispée, elle lance un horrible cri pendant que la chambre tourne comme un manège avec des enfants devenus chevaux. Il y a un gros nuage noir dans lequel s'engouffre ma tante Blanche; la momie transporte le corps avec les enfants.

L'oncle Ernest se réveille en sursaut: il n'a jamais fait un cauchemar pareil, même quand il était soûl. C'est peut-être la mort de Jonas qui l'a tout dérangé. Il se lève en faisant attention de ne pas réveiller ma tante Blanche. Il va uriner dans le pot de chambre près du lit. Il vient se recoucher en souriant de voir que sa femme semble dormir la bouche ouverte. Il pense qu'elle va avoir la gorge bien sèche demain matin. Il se glisse sous les couvertures en faisant bien attention pour ne pas faire bouger trop le lit de peur de réveiller sa Blanche.

Elle le voit très bien se réveillant dans les cris affreux qu'elle fera en mourant. C'est sûr qu'il se réveillera: par une sensation de froid qui glace et qu'on refuse. Il soulèvera le corps pour l'étendre sur lui. Dans des gestes brusques, il placera les jambes de Blanche sur les siennes, son ventre bien rentré dans le sien. Les jambes de la morte retomberont sur le matelas, alors il croisera ses bras dans le dos de sa femme et, tout en pressant fortement sur les omoplates, il soufflera très fort dans la bouche. Cela va durer longtemps malgré les lèvres séchées et les yeux grand-ouverts. Alors il entrecoupera ses souffles en criant le nom de sa femme pour la ramener de la mort. Dans un geste fou, il déposera de la salive sur la langue de sa femme avec sa main. Ainsi retenant toujours ce corps mort sur lui, il éclatera dans un long sanglot qui ressemblera à un cri d'animal.

Soudain, d'un geste brusque, il rejettera le corps à côté de lui et recommencera la respiration artificielle en essayant encore avec sa bouche sur celle de sa femme. Puis, à bout de souffle, il enfouira sa tête dans le ventre, en sanglotant. Ce sera une longue plainte venue du ventre de l'homme qui de sa main caressera le front glacé de la morte. Après un long moment, il se lèvera lentement, épuisé, vaincu, se traînant vers la porte. Il descendra l'escalier en titubant comme un fou. En décrochant le téléphone, il criera presque lorsque le médecin répondra au bout de la ligne: «Ma femme est morte... Blanche vient de mourir.» Puis il s'affaissera sur une chaise, étendra sa tête sur ses bras repliés sur la table.

Il faut l'entendre sangloter comme un enfant. Ses plaintes deviennent de plus en plus faibles, lentes et longues. Il se lève péniblement pour aller chercher à boire, se verse un grand verre de ce mauvais alcool, grimace, et en reprend tout de suite une autre gorgée. Ce n'est qu'après ces deux grandes rasades qu'il boira lentement. Ses yeux encore mouillés de larmes commencent à sécher et à rougir. Il a le visage bouffi comme quelqu'un qui a la fièvre. Il va chercher le paquet de cigarettes qu'il a caché dans l'armoire près de la porte. Le soufre de l'allumette lui entre dans le nez comme une bouffée chaude et piquante. Il éternue dans sa main gauche. Il tire très fort sur sa cigarette pour remplir ses poumons d'une grande chaleur. Cette fumée lui fait du bien, l'étourdit un peu avec l'alcool qu'il a bu.

Il se met à regarder autour de lui. Le chien a passé la nuit dehors. Il vient japper à la porte encore une fois. L'oncle Ernest ne bouge pas. Il boit encore. Sans doute qu'il ne veut pas que le chien sente la mort d'aussi près. Il allume une autre cigarette avec celle qui n'est pas encore éteinte. Le matin s'est pointé le nez. C'est un lapin fou ou un homme pris d'une grande grippe. Parce qu'il en faut du temps pour mourir. Et que la dernière mornifle est un des gestes les plus durs à poser, à entreprendre. (As-tu déjà vu la mort avec tranquillité? As-tu déjà été la mort de quelqu'un?)

Une musique très douce s'installe dans la tête de l'oncle Ernest. Il ne sait plus quel hiver il a vieilli, quel hiver il est rendu dans le temps. Il est peut-être très vieux et il ne le sait plus. Comment peut-on savoir son âge quand on vit seul? Il a l'air de plus en plus bête. Peut-être qu'il lui faudra déposer sa Blanche dans le grenier pour qu'elle reste congelée tout l'hiver comme Jonas. Il faudra faire attention aux rats quand le printemps arrivera, pour que tante Blanche ne se fasse pas manger comme les vidanges. Les gens de Sainte-Rosalie vont venir voir Ernest pour qu'il ne meure pas à son tour. Et tout ce désespoir à contenir dans sa cabane. Sans une femme.

Comment ne pas blanchir à présent? Comment ne pas mentir? Comment dire que ça va bien sans tricher? Que le village de Sainte-Rosalie est laid!

Dire que le soleil est chaud dans l'hiver! Venir au monde pour ça: pour tout perdre. Faire semblant que tu vis encore malgré tout. C'est de la folie pure. Le vide qui agrandit le lit. Les couvertures ne sont plus relevées que d'un côté. Les oreillers n'ont qu'une tête. (Tu connais ces rêves, ces cauchemars qui limitent de plus en plus le cerveau?) Un cerveau sans enfant, ça rapetisse très vite. Tout se défait, les gestes et les paroles. Et l'étouffement entre quatre murs. (Tu connais ça?) quel prétexte peut ramener le sourire?

— «L'autre femme.»

Ernest n'est pas pour se mettre à faire le tour d'une autre femme. Il est trop vieux. Aussi, il tremble quand il est seul. Il ne tient pas le coup, délire comme une feuille. Il n'est plus en vie. Peu à peu la maison s'est mise à fumer. Ça fait du bien, toute cette chaleur. Il faut la prendre dans ses bras, l'embrasser. La brûlure fait partie de cette fumée. Même si les yeux chauffent, que les jambes sont molles, et que le cœur éclate comme de la folie ou de la fièvre. La morsure du feu dans les jambes se lisse comme un poisson. C'est beau comme quelqu'un qui vous fait l'amour. Surtout ne pas se lamenter tel un monstre. Mon oncle se tue lui-même dans sa maison en feu. Se briser. Se détruire. Il est en pleine tempête depuis des mois ou des années. Il ne sait plus, parce que la chambre est vide. Serait-il devenu fou? De cette folie douce qui ne conduit pas à l'hôpital. Sainte-Rosalie est prise de cette douce folie. La mort rend fou. Je ne comprends rien à la mort de mon oncle Ernest. Je ne vois pas pourquoi il a mis le feu à la maison. Ma tante Blanche est morte depuis longtemps. La folie a pris un long détour. C'est à cause des enfants. C'est la seule raison qui tourne la tête à l'envers. Surtout quand ils sucent leur pouce. Surtout quand l'amour tombe dans la mort en vrille.

Puis je me mets à pleurer comme un enfant en me cachant la tête dans l'oreiller de ma tante Blanche. Mon oncle est complètement soûl dans la cuisine. Abandonné avec le chien qui jappe dans la porte arrière. Il ne sait pas ce qui arrive. Ma tante Blanche n'a plus de seins. Elle n'a plus de vie. Il faudra changer le chien pour un chat. C'est plus facile à placer dans le creux du coude. Et se tourner les pouces pendant que mon oncle Ernest mettra le feu à la maison pour se faire brûler à mort dedans. J'ai peur. J'ai peur de faire l'amour avec Geneviève parce que je sens que la mort rôde. Si un jour on a un enfant, il va mourir avant terme. Ou ce sera un monstre comme les enfants de la Mornifle.

On entend l'oncle Ernest qui gémit dans les flammes. La maison est toute perdue, comme Jonas dans les bois. La maison meurt d'ennui comme un pupitre en vacances. Le feu la dévore pièce par pièce. Il me semble que tout le village de Sainte-Rosalie est en feu. La fumée atteint la forêt. Jonas est en train de mourir une deuxième fois. Ce n'est pas facile à avaler et je le sais. Sainte-Rosalie peut mourir et on s'en sacre.

J'aurais besoin de tenir Geneviève ou Catherine par la main. Pour leur faire un enfant. À celle qui aura la plus belle descente et les plus beaux seins. (Je te réserve pour l'accouchement de mes prochains fils.) Chercher l'odeur, c'est une prison, une forêt. Geneviève regarde la maison brûler comme on écoute une messe. Elle n'en peut plus. Elle a l'air d'une morte, comme de grandes pages d'écriture tombées dans l'oubli de l'été. Mais l'hiver n'a pas fini de finir.

Je ne sais plus pourquoi je pleure comme un enfant. Le grand lit est vide: on dirait qu'il y a deux lits. Sans Geneviève je ne suis plus rien, surtout que c'est l'hiver, long et pénible, dans un ventre sans enfant. Ma tante Blanche est morte l'année dernière mais, parce que tous les hivers se ressemblent, on dirait que c'est cette année. Je me souviens d'avoir vu la tête de mon oncle Ernest rôtir sur le plancher de la cuisine. Il avait une boule de feu dans le ventre; malade depuis la mort de ma tante. Alors que la peur s'était installée dans le cerveau, il ne dépassait plus les limites du village. La nuit, il s'abrillait la tête avec les couvertures. (Je ne le fais plus maintenant.) C'est pour se mettre sous l'écorce sans trop être massacré.

C'est à peine croyable qu'il n'ait pu sortir de la maison pendant cette nuit. De plus, le chien jappait. Il n'a pas cessé jusqu'au moment où le toit est rentré dans les chambres du haut. Alors le chien s'est mis à hurler plaintivement et à tourner autour de la maison. Parfois il se donnait un grand élan pour enfoncer la porte qui ne s'ouvrait toujours pas. Les gens n'ont rien entendu. Même la Grise à l'écurie a pensé que c'était le jour, cette lueur qui s'introduisait sous la porte de la grange.

Quand il y a incendie, il y a toujours quelqu'un dans le village qui se lève en même temps et réveille tout le monde. Sainte-Rosalie n'y a pas échappé. Ce fut comme une claque en plein visage. Il se lève... Il ne peut plus tenir debout. Il tombe. Mon oncle Ernest se laisse prendre par la mort. Tout est si plein de fumée. Il appelle: «Blanche... Blanche ma femme...»

147

Rien que le maudit chien qui n'arrête pas de japper dans la porte. Mon oncle a décidé de chavirer en plein hiver. Il n'a plus du tout envie de se secouer. Il n'a plus du tout le goût de se donner une grande mornifle pour se ramener à lui. Il essaie de creuser ses ongles dans le plancher de la cuisine. Il ne voit plus rien. Tout a commencé à tourner comme un manège et de plus en plus vite. Il fait froid dehors mais l'oncle Ernest a une grande fièvre dans le dos. Il mouille ses lèvres... La peur... (Je vais mourir c'est sûr.) Il couche sa tête près des lunettes de sa Blanche. Le plancher a commencé de fumer. Ça pue. Il étouffe. Il va mourir étouffé. Il est tout allongé près de la berçante. Il a mal au cœur. Il ne vomira pas. Il n'a pas le temps. Soudain, il pense que sa femme n'avait plus de dentiers. Que c'était horrible de lui souffler dans la bouche. Les pantalons ont commencé de dégager une odeur forte comme un tapis qui sèche au printemps. Il se raidit de plus en plus en tournant la tête dans tous les sens pour un dernier regard.

Puis ses dents se figent en un sourire. Il rampe pour attraper la berçante. Il étouffe dès qu'il lève la tête. Il pense un instant que toute la maison est habitée de chauves-souris qui veulent sortir de la fumée en se fracassant contre les vitres. Elles passent au-dessus de lui en donnant de grands coups de bec. Il saigne par le crâne. Il respire de plus en plus fort pour mourir plus vite. La bouche est ouverte, une bouche de poisson, il ne peut plus rapprocher les lèvres. Il est étendu à plat ventre comme sur une femme. Ses cuisses veulent entrer dans le plancher. Mon oncle Ernest a l'air d'une bête, d'un cochon qui se vautre dans sa puanteur. Alors il ne bouge plus que pour se rouler sur le plancher de la cuisine. Sa tête vient se frapper trop souvent contre le poêle. Il délire... ouvre les yeux dans un écartèlement. Voilà qu'il a le hoquet parce que le cœur veut lui sortir par la gorge. Tout est noir et plein de fumée. C'est alors que ses deux mains se portent vers la mâchoire: la main droite sur les dents d'en haut et la gauche qui veut descendre le bas. Il étire la bouche tant qu'il peut. Et dans cette grimace il crie: «De l'air... De l'eau...».

À moins que mon oncle soit mort sans s'en rendre compte et que je sois fou de raconter une chose pareille. Il a perdu la tête pour mettre le feu à sa maison. Il est venu chez moi mettre le feu dans mon lit ou dans la chaise berçante. Et sur les murs, et dans la momie. La solitude de l'oncle Ernest est folle. Il se perfore le crâne à force de se frapper sur le poêle. Il ne veut même plus s'approcher de la porte pour obéir au chien. Puis il se donne une série de coups de poing au visage pour tomber, pour mourir plus vite. Aucune idée de vie n'entre dans la tête de l'oncle. Le feu amène des craquements dans toute la maison: sous le bois, le cœur ne rythme plus rien. Est-ce bien vrai cette chanson qu'il entend:

> Nous n'irons plus au bois
> Les lauriers sont coupés
> La belle que voilà
> Ira les ramasser.

Il y a des yeux de feu dans toutes les fenêtres et toutes les portes de la maison. Ils se promènent de haut en bas. Parfois ce n'est qu'un gros nuage de fumée qui rougit les yeux. Mon oncle Ernest est en train de fondre. Il est maintenant trop faible pour faire rentrer le chien. D'ailleurs, à la place de la table de la cuisine, il y a un grand cercueil avec des roues.

Le cheval n'est pas encore arrivé. Le cadran sonne pourtant depuis au moins une minute. «La Grise» n'est toujours pas là. Alors mon oncle Ernest s'essouffle à crier après son cheval: «La Grise... Ma Blanche». C'est plein d'eau dans le cercueil et ça bout. L'oncle Ernest se traîne vers cette eau, s'accroche aux essieux des roues et grimpe comme un serpent vers la mort. Ce n'est pas facile parce qu'il est déjà presque mort.

Soudain l'eau se change en vase. L'oncle Ernest se laisse glisser dans cette boue chaude et gluante. Une fumée bleue maintenant se dégage du cercueil. «La Grise» vient d'entrer dans la maison. Toute sa peau, tout son poil est jaune comme un soleil. L'oncle Ernest prend de la vase dans ses mains pour en déposer sur le ventre du cheval. C'est alors que le cheval se change en une belle louve. Il voit mal puisque c'est sa Blanche ainsi attelée au cercueil et qui commence à le tirer dans la mort. Elle est venue le chercher. Elle a des ailes sous les bras et une volée de plumes s'échappe de son ventre. Mais le couvercle du cercueil a commencé à se refermer sur l'oncle Ernest, comme une grosse couverture énorme. L'oncle s'enfonce dans la boue du cercueil. Il retourne dans la terre. Et, pendant que Blanche tire le cercueil, la vase s'échappe par les fentes. De grandes fleurs jaunes sortent par le couvercle. Puis, tout à coup, le couvercle s'ouvre de nouveau et un arbre magnifique apparaît. Les branches sont pleines de chandelles et de clochettes. C'est plein d'oiseaux maintenant dans la cuisine. (La vie est une cabane à moineaux.) Mais ce sont des mouches. Puis des papillons qui deviennent rapidement des fourmis et des rats.

Mon oncle est bien mort maintenant. Le chien est calciné dans ses bras. À la place des pieds, mon oncle a un tas de cendres. J'ai vomi plusieurs fois sur les restes de mon oncle. Je prends un peu des cendres dans mes mains. Je crache dessus pour essayer de faire une boule, pour refaire mon oncle en vie. Mais c'est une boule de neige que je casse en deux et qui cachait une tache de sang.

LA NEUVIÈME PORTE

La Mornifle est couchée sur le dos. C'est comme si elle flottait dans un grand bain plein de plumes. Elle tourne sa tête de gauche à droite telle une bouée. En dessous de son lit, il y a un tapis de poussière. C'est sale, chez la Mornifle. Pourtant elle aime cette senteur de renfermé comme celle du creux en dessous des bras. La tête de côté, elle se respire les aisselles. La senteur descend dans ses narines comme des bulles de bière qui crèvent en dégageant une odeur de bouche. Elle en a plein la tête. C'est un mélange de sueur et de savon du pays. Elle est semblable à Jonas: même en hiver elle a toujours chaud.

Elle pense un instant qu'elle est un arbre mort couché au travers d'un sentier, d'un village, et qu'on ne la remarque même plus, tant il y a longtemps qu'elle n'a donné signe de vie. Elle fait partie des choses que le village veut ignorer comme une fêlure dans le cerveau. La Mornifle est de plus en plus blanche. Durant les hivers qui ont suivi la mort de Jonas, elle n'est presque pas sortie. Elle s'occupe à faire pousser des fleurs durant toute l'année, même l'hiver. On l'a vue plusieurs fois planter ses fleurs sur le banc de neige derrière chez elle. On la plaint. Il paraît qu'elle ne mange plus que des soupes avec beaucoup de poivre sur son pain. Si ça continue, elle va se brûler l'intérieur de l'estomac. Elle va avoir du cuir jusqu'aux intestins.

Elle rit maintenant de ce qu'on pense d'elle. C'est un petit rire saccadé et sec avec les deux yeux en coin. Même si elle n'est pas très bien entendue, elle rit. Les bruits qu'elle entend la font parfois rire comme une folle. Elle devient de plus en plus effrayante. Durant de longues soirées, elle se berce devant sa fenêtre même quand il fait noir et qu'on ne voit plus rien. Elle a déjà dit au curé qu'elle attendait les oiseaux qui vont revenir dans le Nord. Elle garde ainsi une lumière allumée toute la nuit dans sa cuisine. Elle dit que la clarté la protège du froid. On gèle plus quand il fait noir chez le diable. Elle a peur du froid comme de la peste. Le printemps n'est pas près d'arriver avec une folle de même. On dirait presque que le vent se met à courir plus vite pour dépasser sa maison.

Dans tout le village on n'en revient pas de ses folies, de ses enfants, de sa ferme qui s'en va chez le diable et que le vent bascule un peu plus vers le Nord, chaque année. On sait qu'elle ne coupera pas son foin. Elle a peur de geler comme une ville qui a le cou rentré dans les épaules: une grange avec la tête renfoncée. Elle a commencé de parler toute seule. Ce sont parfois des paroles intelligibles mais ce sont le plus souvent des grognements ou des râles. On dit qu'elle renâcle, qu'elle a le nez de plus en plus rouge, et qu'elle fait du bruit avec sa bouche. Elle promène son dentier en lui faisant décrire un cercle au bord des lèvres. Ça la rend plus laide parce qu'on voit sa langue jaunie.

Elle garde toujours le même gilet, la même veste de laine l'hiver et l'été. Elle rend parfois visite à la femme de Jonas, Catherine, pour lui apporter des fleurs. Un jour, elle a même envoyé un de ses enfants monstres pour s'offrir à une corvée. C'est une forme de chaleur, malgré l'odeur que ses enfants dégagent. On sait qu'elle essaie de les garder en dedans le plus possible durant l'hiver, comme des bêtes. Cependant, il est assez curieux de l'entendre les appeler ses «petits oiseaux» avant de les coucher le soir, après qu'elle a rincé la tête difforme du plus vieux. Est-ce un rêve que de vouloir avoir des enfants oiseaux?

Tous les deux ronflent comme Jonas de façon aride et sèche. Quand elle entend ce bruit, la Mornifle se met à sourire comme une mère poule. Ses yeux s'embuent et de grosses larmes glissent sur son tablier, des larmes chaudes et salées. On dirait qu'elles tombent dans une bouilloire déjà ouverte entre les seins. Elle se recule pour reprendre ce bruit plaintif dans sa tête. Les enfants dorment mal depuis la mort de Jonas. Ce n'est pas facile de dormir l'hiver pendant que les jours raccourcissent. La nuit est gelée, bleue. Toutes les lèvres de Sainte-Rosalie sont figées, toutes les narines sont collées comme des pansements. On essaye de ne pas mourir de froid ou de sécheresse, même si l'herbe ne bouge plus. Le froid nous met en prison, parce que les oiseaux sont partis dans le Sud. Ils ont pris le large. La vie n'existe que dans la tête et encore...

La vie à Sainte-Rosalie est partie au grand galop pendant qu'elle avait encore de la salive et non pas de la glace. C'est le commencement de la fin. Peut-être aussi que la vie n'a jamais existé à Sainte-Rosalie. Peut-être même que Sainte-Rosalie... Ça fait sans doute partie des vieux pays. Ce sont les gerçures du froid, un plâtre qui a perdu le souffle. Tout est figé. Le café n'est pas bon. Tout le reste nous entre dans les bras et par la tête. Le dialogue est inexistant. On ne se parle pas et c'est ce qui est pire à dire. Alors on ne sait pas pourquoi on fait de la musique. Sainte-Rosalie c'est la vision embrouillée de l'histoire, comme la vie, la mort.

Pendant que nous avons le dos courbé à cause de l'hiver si long, nous essayons de nous agripper au soleil, au frais, à la nonchalance, malgré l'inertie, malgré la mort dans les arbres du pays. L'hiver est le seul propriétaire du pays qui ne remonte pas le chauffage, qui ne met pas les fenêtres doubles, pour faire croire qu'on est en plein été au moins dans les mains. C'est déprimant. Nos pantoufles sont doublées de mouton du pays, pour la chaleur et la douceur.

Dès que le froid arrive, les paroles, la parlure se figent. On commence à moins dire. Sauf quelques rares exceptions comme la Mornifle, mais c'est de la folie. Elle dit des niaiseries, elle chante quand ce n'est pas le temps. C'est sans doute pour se faire de la chaleur dans la face, comme une mitaine. D'ailleurs, elle fait constamment des lavages à l'eau très chaude, bouillante, pour se faire croire que la vie est entrée dans sa maison, pendant que ses enfants jouent dans la neige, dehors. L'enfance ne connaît que très peu le froid, c'est comme la mort...

Tout le monde de Sainte-Rosalie a envie de dire que nous ne sommes pas dans la bonne saison, dans le bon pays. «Pourquoi que nos ancêtres n'ont pas été se fourrer le nez un peu plus bas, un peu plus au Sud?» Qu'est-ce que c'était cette maudite idée de persister à rester ici; malgré le gel, le scorbut, le froid, les tempêtes de neige? Maintenant ça fait partie de notre folie, de nos fours à pain qui ne fonctionnent que l'été. Ce n'est pas un territoire pour des allumettes, mais bien pour de gros foyers, pleins de bois qui brûle, qui chauffe avant de mourir dans des cendres inutilisables.

L'hiver ici, chez nous, c'est bâti pour durer. C'est pire que de dompter un ours; même les oiseaux n'y arrivent pas. Cependant nous sommes plusieurs pays à avoir la même folie. Alors on se conte des peurs. C'est un signe que l'on congèle, c'est peut-être un signe de jeunesse. Le pays va se réveiller un jour, sans maladie, sans politique, sans hiver et peut-être sans vie, parce qu'un pays congelé, c'est pas facile de prévoir ses réactions. C'est une femme en retour d'âge, comme la Mornifle.

Elle voudrait bien avoir vingt ans, la santé, et la folie qui s'y rattache. Elle n'est même pas une carte postale avec Jonas. On la cache dans les recoins du pays. Elle n'a pas l'air du monde, même le dimanche quand elle veut montrer que ses enfants sont aussi normaux que les autres. Pourtant, elle ne va à la messe que pour ça. «C'est une femme courageuse», avait dit Jonas. Elle broute de la tendresse pour se la rentrer dans la tête. Mais elle est frileuse comme toutes les femmes du pays. Alors elle ferme les oreilles sur les injures, elle revire dans sa tête, elle rit comme une folle. Tout le village est gêné de la Mornifle.

Souvent elle gratte la terre dans sa cave pour se donner l'impression qu'elle est rendue au printemps, qu'elle est rendue au Sud. Elle marche nu-pieds et elle jouit en riant que la terre soit si douce, comme un ange, ou un cheval. Alors elle rêve. Elle rêve qu'elle a vingt ans, qu'elle est en ville, qu'il fait soleil en pleine lune, qu'il n'y a pas d'automne et à peine un hiver, que les oiseaux restent au pays, que la guerre est ailleurs et non sur nos épaules comme le froid, que le silence n'existe pas. Qu'il en soit ainsi... Et pour toujours...

Elle a pris de la terre dans ses mains et la laisse couler dans son corsage. C'est une sensation d'automne chaud. La terre est en petits morceaux, des graines sèches qui se battent entre les seins de la Mornifle, qui la rident au sec comme une rue, en cachette, en chaleur. Puis elle s'assoit comme une souche en poussant sur son ventre pour que les fentes se mélangent à la terre. Elle a bien fermé la porte de la cave. Elle se lave avec les feuilles séchées et son ventre devient rond comme une boule de neige. Elle ferme une belle branche avec ses bras. Elle s'amollit les cuisses comme la caresse d'un chat. La Mornifle se met en conserve, elle ne gèlera pas jusqu'à Noël. Elle passera l'hiver.

La soupe que mange la Mornifle lui fait oublier qu'il fait froid dehors. Elle est pleine d'un liquide épais et chaud. Elle ne parle pas, de peur de s'enlever de la chaleur. Elle est détendue par en dedans, blanche et gonflée. Même dans le vent le plus froid et le plus sec, elle est humide dans toute sa cave. Elle se salit et elle salit la terre. Elle est au chaud. Elle se salit et ça la réchauffe. Elle descend lentement pour garder ses forces. Alors elle fonce dans la terre comme un cheval. Elle est en sécurité comme un café chauffé par le soleil. Elle est une des seules personnes de Sainte-Rosalie qui rêve. Les autres prient, à cause des loups, du froid, du «temps de chien», du bois et du bétail. La Mornifle chante la nuit pendant que ses enfants dorment. Elle penche vers la ville.

Contrairement à Geneviève qui ne parle pas, elle écoute à l'intérieur pour comprendre Jonas, et le repas qu'elle fait de son corps. C'est une femme qui sait s'étendre au travers de la terre pour semer. Il faut apprendre. C'est plus facile quand on a dix doigts et c'est ce à quoi pense la Mornifle. Que ses paumes sont une forêt, que ses bras sont des arbres. Elle s'ouvre comme une écorce, comme un oiseau qui prend le large sur le dos. Elle commence à compter jusqu'à cent comme un enfant. C'est impossible puisqu'elle a appris à rester là, à Sainte-Rosalie, même à l'intérieur de chez elle, derrière le froid, à l'abri du mois de janvier. Tout est immobile dans cette cave où elle descend toutes les nuits, à cause de la mort qui rôde autour, comme la bile et l'eau du fleuve. C'est là qu'elle dresse ses mains à savoir où elle a mal, qu'elle les met en rade sur son ventre. Tu touches à la cuisse comme une vraie caresse. Tu langues le creux comme à l'école. Tu entres dans les plis nerveux comme une patte d'oie. Tu sapes le pays comme un diable. Tu rudoies le ventre comme une maison meublée.

Les chiens de Jonas venaient-ils de chez la Mornifle? C'étaient des chiens de poubelles comme des ossements de chasse. Geneviève n'a toujours pas dépassé l'habitude qu'il nous faudrait un enfant. En ville, on se crée bien des habitudes qu'on ne peut nourrir qu'à la campagne dans la misère. À Sainte-Rosalie, on fait encore des enfants. La vieillesse a atteint l'enfance, c'est un signe que l'ennui est très grand, comme le tricot ou autres sortilèges que les femmes ont inventés pour ne pas s'ennuyer des hommes, pour faire fondre la glace du cerveau, pour ne pas parler après le repas. Ça ressemble à de la violence. (Geneviève est folle, elle ne rêve pas assez. Surtout quand la Mornifle se présente au dessert comme une musique d'herbe verte et sèche, qui chasse les maringouins et autres insectes qui ont l'air nuisibles, comme l'humanité envers la terre.) Alors on se berce pour voir, pour entendre la télévision, parce que la ville rêve au moins jusqu'à minuit. Après, c'est la vie qui s'installe dans les salons: on fait brûler de l'herbe.

La Mornifle a compté les rats de sa cave. Il y en a sept, conservés dans l'hiver. C'est dur de manger ça sur la table. «Les rats ont-ils des protéines?» C'est la grande question de la ville. Quand la terre se fait rare... Le froid brunit même les visages, comme des morts. Les yeux sont bien vides, comme la vie, ou la besogne qui se cache avec le cœur. Le soleil est chaud dans les genoux, ou le sol; plus fort que les loups, comme des voix en baisers. Comment ne pas s'enfarger dans le cerveau des bêtes. Et que j'attends tout de ce café dans lequel s'enlaidissent les gens. C'est l'ennui. Ils rêvent que le pays n'a pas d'oreilles, de terre, de cheveux, de prisonniers. La femme est peut-être une couleuvre. Je t'aime Geneviève, même si je m'assassine. Voilà la seule violence à courir. La mort...

Mais on a très peu le temps de s'occuper de ces choses parce qu'on s'applique à enlever la terre sous les ongles. Il nous faut des mains larges comme ça et rugueuses. À la campagne, on reconnaît notre visage. La nuit se maquille comme une folle ou une interprète, comme Geneviève. Le pays est décidément trop grand et le rêve en ville est sans terre au talon. Puis on roule une cigarette ou deux pour atteindre les nuages. La Mornifle a des marées dans son ventre vide. Elle pense à Jonas. Comment faire serment, ou comment faire un secret. Je pense que Geneviève aime beaucoup la solitude avec moi. Une saignade! Même si parfois nous rêvons mal.

La Mornifle se fait mal au ventre et aux hanches. Au début, elle caresse la terre mollement. Mais elle a mal partout comme si le sang se caillait dans ses veines jusqu'au cœur. Elle rêve qu'elle marche dans les étoiles avec Jonas, au-dessus de la ville. Alors elle se met à frapper la terre avec le revers de la main. Elle devient rouge comme les feuilles à l'automne. Elle mordille son linge avec ses dents jaunies pendant qu'elle enfonce ses ongles dans la terre. Elle se coule sur la terre durcie, elle halète à pleine gueule. Ses yeux sont dilatés, ses épaules dépassent de sa chemise. Elle respire fort, avance la tête en avant comme un oiseau au bec pointu qui cajole de la langue.

Elle a nourri ses rats. Comment peut-on apprivoiser de tels animaux? Et les chiens et les chats qu'elle voudrait avoir, comme une vraie sorcière. Elle se blesse de plus en plus dans la terre en espérant des fourmis comme en forêt, les corbeaux. Elle ne dansera jamais devant ses enfants comme elle le fait dans la cave, avec tous ces gestes à poser sur le visage, la poitrine et le ventre. Tout s'engrange dans son cerveau; elle a les seins comme des bombes dans ses poings. Elle entend ce curieux cheval qui tourne dans sa tête comme «la Grise» et qui va sauter dans les oreilles. La Mornifle est malade.

Elle a placé ses deux mains sur sa tête, se met à genoux. Dormir longtemps. Ne plus voir les enfants monstres. Elle grogne dans une chaleur incontrôlable. Dans l'extase, elle crache à plusieurs reprises. Elle fait la planche sur la terre, les jambes complètement allongées. Elle cligne des yeux comme si le cheval tournait autour d'elle, au fond de sa tête, un vent fou qui remplirait son ventre d'un fantôme étrange et beau. Une sorte de grande peur familière, une sorte de monstre qui l'habite.

Elle était bien, sans enfant, ainsi seule avec la bête, en circuit fermé dans son ventre obèse et dans sa tête. Elle se trouvait belle avec ces invasions dans sa cave comme un vieux clou, un gros crochet de boucherie. Elle va se secouer les oreilles et les mains pour ne pas tomber dans le sommeil devant les rats. Elle se cache les yeux comme si elle était devant ses enfants. Elle aura eu sept fils qui sont devenus des rats. Elle a un grand mal de ventre, soulève sa poitrine, s'épuise peu à peu, comme la neige, ou les caribous.

Alors elle remonte dans sa cuisine par la trappe près de l'évier. Elle s'en va ronfler. Demain elle réveillera ses enfants très tôt pour essayer d'oublier qu'il ne fait pas soleil et qu'elle est tannée, fatiguée, éreintée. La douleur des hanches sera douce comme une grenouille qui a été écartée à genoux. Elle ressemblera à une télévision un soir de pluie. Elle aura mal dormi, couchée sur le dos, les jambes grandes ouvertes, ou elle aura voulu faire le fœtus en cachant ses poings dans son cou. Elle se lèche avec ses peurs, et les oiseaux qui ne sont pas encore arrivés.

La Mornifle est engourdie. Elle n'a pas bougé de la nuit, comme une grande douleur où l'on entend la chanson des bois. Elle se voyait danser comme une folle avec ses enfants dans des gestes figés. La mort entre peu à peu dans la tête de la Mornifle avec un grand frisson sur la peau et des mottons de neige dans les yeux. Elle a l'air d'une bête traquée dans un râle ou une blessure de tête. Une vraie momie prise par la peur de l'enfantement. Avec son cerveau endolori elle pense souvent à des gestes effrayants. Il faudrait changer la tête de la Mornifle parce qu'elle gronde par le nez et par la bouche. Il y a trop longtemps que le médecin n'est allé chez elle. Elle ne veut rien savoir.

Le réveil vient plus vite depuis la mort de Jonas. (L'an passé?) Elle ne sait plus: la neige a blanchi aussi la mémoire avec la brume. Le pays n'a plus de miroir visible. La Mornifle ne se montre plus le nez à la fenêtre: elle veut échapper complètement au froid, à la folie. Il y a longtemps qu'elle a lavé ses cheveux. Elle a peur de faire des trous dans sa tête. Elle plane dans sa caboche comme un fleuve gelé, avec le feu dans son ventre: elle a une tête de folle, une tête d'oiseau qui n'a pas pris le large vers le Sud, à cause du vent, et de la neige venue trop vite. Elle se tisse l'intérieur du ventre comme une carriole: une course de chevaux qui ressemble à de la musique qu'elle invente au fur et à mesure des blessures sans caresse. La Mornifle est enfermée dans sa cage comme un cheval mort.

Elle écoule le temps toute la journée comme un semblant de sillon. Elle délire. Elle dévie. Elle se fracasse la vie quand, la nuit, elle déchire ses vêtements. Ces jours-là, elle passe son temps en robe de chambre avec la peur du sang entre les jambes. Elle ralentit mais sans se reposer. Elle éclate dans une blancheur, dans la tête de mort pleine des oiseaux qui ne chantent plus le pays à clôture. La Mornifle se cache parce qu'elle a recommencé ses folies.

Une des premières folies, c'est la fatigue. Celle du crâne qui ne se calme pas. Son sommeil n'est jamais bon. Et la douleur aussi qui fait bouillir le ventre. Elle se colle à cette idée qu'elle a eu des enfants monstres. Alors elle se renfrogne et courbe le dos comme le pays. Même dans sa berçante, elle claque des dents comme une tête d'oiseau fragile sur une balançoire. Elle se fait accroire des choses toute la journée: Jonas va se déterrer tout seul, va se rendre jusqu'au fleuve à pied pour aller se laver et revenir très propre. Il faut que la Mornifle fasse le ménage de sa maison pour recevoir Jonas. Elle aussi, elle prendra un bon bain. Puis elle ira ouvrir la porte. Ils se regarderont sans bouger. Alors elle avancera la main pour inviter Jonas dans son ventre «pour l'éternité», comme elle dit. On entendra le fleuve, l'eau qui change de corps et la chanson lointaine des enfants morts tout près du lit.

Ils voudront refaire la vie, longuement, pour ne pas perdre de vue les enfants qu'ils auront après, qu'ils promèneront dans Sainte-Rosalie avec des carrosses sur des skis. Une promenade sans douleur et qui ne fatigue pas les bras à cause de la fierté! Ils ne parleront plus, attentifs aux regards et à l'admiration. Tous les matins, les enfants viendront sauter dans le lit. On se serrera bien fort. Puis on fera les plus folles promenades en traîneaux, seulement pour montrer à tout le village que Jonas n'est pas près de mourir et que la Mornifle est belle comme un cœur. On chantonnera sans y porter attention, sans faire semblant qu'on écoute les éloges, les mains tranquilles.

La Mornifle se demande comment elle fera pour enrouler ses jambes sans fatigue et sans que la tête lui parte au printemps avec l'âge ou l'herbe folle. Ils vont s'en aller en ville tous les deux, c'est sûr. Sans le dire à personne. On laissera les enfants morts dans la cuisine comme toute la folie que l'on renferme à Sainte-Rosalie dans les greniers des granges quand c'est l'hiver. On sait qu'il n'y a pas de chaleur dans le grenier. On sait que l'hiver craque comme une folle dont seule la tête ressort de la terre gelée ou de la glace d'un fleuve: une tête qui n'est plus capable de cogner des clous.

Même dans sa tombe, Jonas avait le cou bruni par le soleil comme un enfant. La Mornifle l'avait remarqué avant de s'en aller, avec son lait qui lui faisait mal au sein. Elle n'avait plus depuis long-temps les fossettes que l'on remarque au bas du dos et ce creux qui fait qu'on a l'impression que la colonne vertébrale rentre par en dedans. Tout était en plis plus gros et Jonas le savait bien. Il aimait cette rondeur comme la neige.

Soudain la Mornifle se réveille en sursaut. Elle égratigne les draps, se vautre la tête dans l'oreiller et les genoux dans le matelas. Elle s'embrasse les doigts. Rêve-t-elle? Elle court en pleine forêt avec ses enfants derrière elle. Elle veut rattraper Jonas qui marche sur la tête des arbres et le cheval qui mange les feuilles à chaque enjambée avec de grands coups de gueule. Mais non, nous sommes au plus profond de l'hiver. C'est impossible que le rêve amène des feuilles dans la tête des arbres. Jonas crie comme un enfant ou un fou. Tout est éclairé même si on est en pleine nuit. Les mouches à feu sont au rendez-vous pour faire le jaune, comme la ligne à l'intérieur du dos. Les cheveux sont fous comme un balai, un paquet d'os, comme ceux de Geneviève. Un arbre mort, ce n'est pas facile à comprendre comme le gonflement du ventre de ma tante Blanche.

La Mornifle entourera les épaules de ses en-fants dans un étau. Les poser sur son ventre, les rentrer par le nombril. Les agripper par le chignon du cou parce qu'ils vont pleurer, c'est sûr. C'est la première fois de sa vie que la Mornifle veut tuer ses enfants. Elle a tout préparé, comme un souper. Une grande table sur laquelle les enfants vont déposer leurs mains en se touchant le bout des doigts. La Mornifle dira que c'est pour avoir des céréales. Elle aura été voler le fusil de Jonas. Elle donnera des framboises aux enfants pour les apprivoiser à la mort. Elle a dit que c'est plus facile de mourir en train de manger. C'est moins surprenant, surtout si les enfants ont le cœur gros. La douleur sera courte aux tempes. Le deuxième à tuer sera plus difficile parce que la Mornifle aura eu le temps de penser, d'entendre le coup de fusil.

Elle épaule le fusil comme si elle prenait la vie entre ses mains. Ce sera un dimanche. (En réalité, ce fut un samedi soir.) Elle avait amené ses enfants à confesse pour se faire voir. Elle tournait le dos à tout le monde. Les enfants riaient en cachette. Ils ne savaient pas qu'ils seraient tués cette nuit comme une berçante qui bascule par en arrière dans un escalier, une chemise qui s'enlève. Ça va craquer dans les oreilles, ce coup de fusil qu'ils n'attendent pas, qui va les ramollir jusqu'au liquide. Ils ne savent pas que la Mornifle va les frapper, à plusieurs reprises, dans le visage, pour enlever la douleur. Frapper jusqu'à écraser le nez et les yeux. Fermer les yeux avec une grande claque sur le visage, comme un cheval à qui on a mis une bride parce qu'il n'est plus qu'un paquet de nerfs.

Elle a bien préparé ses enfants au silence. C'est comme si la fatigue s'achevait avec la chaleur dans une neige molle ou une forêt. Elle part sans oser dire à ses enfants que le bois est si proche et que le vent sera plus doux qu'un verre d'eau. Il faut prendre ça comme une gorgée de plus qui picore l'intérieur de la caboche ou le bout des doigts. Elle a tiré deux coups avant de se mettre le canon dans la bouche. Elle veut se faire sortir un oiseau par la tête. Il fait un vent fou qui se darde dans les oreilles pour rendre sourd. L'accostage sera brusque. Les enfants n'auraient pas dû écornifler dans le froid pour trouver du gibier mort. La rafale a été lancée comme une claque, une mornifle en plein visage.

Alors la tête des enfants a éclaté, est devenue en panne, avec un grand trou de la grosseur d'une boule de neige. La tête des enfants de la Mornifle flottera dans toutes les tempêtes de Sainte-Rosalie comme de grands oiseaux fous ou des loups pleurants. Le coup que la Mornifle se tira dans la gorge fit sortir un immense oiseau rapace dégoulinant d'un liquide jaune et rouille qui gelait comme une grande flèche près du clocher de Sainte-Rosalie. Est-ce bien un ange qui attacha les corps sur un beau cheval gris? On dit que c'est fou de tuer ses enfants pour en faire des oiseaux. (C'est fou de se tuer pour devenir un oiseau.)

LA DIXIÈME PORTE

Catherine a quitté Sainte-Rosalie depuis quelque temps. Jonas doit être passablement pourri par l'intérieur. Elle est partie un dimanche, à ce qu'on m'a dit. À moins que ce ne soit un samedi. Peut-être le même samedi où les enfants de la Mornifle couraient dans la neige comme des fous avec les yeux sortis de la tête. Catherine avait fait transporter le corps de Jonas pour le faire enterrer en ville. Oui, c'était ce samedi-là...

Elle avait repensé souvent à son mari depuis qu'il était mort. Une sorte de peur l'envahissait, comme si Jonas pouvait voir tout d'elle, tout entendre, même ce qu'elle voulait cacher: surtout ce qu'elle faisait dans son lit tous les soirs depuis sa mort. Qu'elle mordait son oreiller en se répétant les folies de Jonas. Qu'elle commençait à ne plus aimer ce qu'il avait fait avant: les grandes folies de la forêt. Et tout ce langage qu'il avait inventé pour rire, ou parce qu'il était peut-être fou.

À quoi ça servira de savoir le nom des oiseaux et des arbres quand on sera en ville? Il n'y en a presque plus. On ne sentira plus le bois. L'homme de la ville ne sent pas le loup. Pourtant elle avait été si longtemps jalouse de la forêt. C'était l'infidélité de

Jonas, comme si Jonas était allé coucher avec une autre femme. Pour elle, il était demeuré ce vieux loup qui loge dans la forêt pendant de longs mois. Elle avait donc attendu son homme trop longtemps et, quand on l'avait ramené de la forêt, mort et à moitié mangé par les loups, elle avait voulu cacher ça à ses enfants. Malgré le cri immense lancé de la cuisine, les enfants ont dû demeurer dans leur chambre.

Elle ne pouvait plus aimer ce pays, ce village, qui lui redonnait son homme dans un cercueil. Elle en était arrivée à détester la manière dont il parlait au vent et aux oiseaux. Elle ne comprenait pas les paroles de Jonas quand il disait que le pays naîtrait d'une femme, avec de grandes jambes et de longs bras. Elle voulait s'en aller. S'en aller de toutes ces paroles folles: «Celui qui changera la parole du pays sera puni de mort.» Elle en avait assez.

Mais ce qu'elle détestait par-dessus tout, c'était l'hiver de Sainte-Rosalie. Le feu impuissant à réchauffer. L'attente de son homme à la fenêtre avec un grand froid glacé dans le ventre, pendant que le vent siffle par les trous sous les portes et près des chassis doubles.

Surtout les nuits blanches où les bruits deviennent vraiment inquiétants. Les grandes peurs qu'elle avait durant les tempêtes de neige où tout le pays devenait mort. Elle le regardait, ce pays, par la fenêtre de la cuisine. Il avait l'air d'un lièvre congelé, étiré par les pattes sèches, durci par la solitude, blême, pâle comme la mort. Elle ne s'éloignait pas du poêle, son haleine lui semblait importante comme le feu, car il n'y avait pas seulement le froid qui lui faisait un vide en dedans.

Soudain elle pensa que Jonas pouvait être fou pour vrai. S'en aller en plein froid, ce n'est pas très brillant. Laisser ses enfants. Ne pas les élever. Ne revenir que pour planter son écorce et vider la forêt dans le ventre de sa femme. S'installer dans ses pantoufles: c'est aussi une chaleur infidèle, c'est aussi une fièvre, une fatigue. Catherine n'avait jamais osé s'avouer ces choses avant la mort de Jonas. Maintenant, elle se vengeait dans sa tête avec rage, un craquement de la glace.

Elle avait toujours souffert de ce manque de chaleur qui ne peut sortir que du dedans, comme un beau lait calme. Sainte-Rosalie n'était plus liquide, même dans le cerveau. Catherine devenait de plus en plus renfrognée, c'est pour ça qu'elle avait décidé de s'en aller ailleurs, en ville. Elle ne courberait plus le dos ici à se tourner encore les pouces dans une chaise berçante. S'en aller vers la vie pour ne plus claquer des dents, pour ne plus rapetisser, pour monter à la surface, pour ne plus être une boule de neige. Ne plus avoir besoin de mettre un chandail de laine par-dessus la jaquette et la robe de chambre. Ne plus être obligée de garder des chaussettes de laine dans ses pantouffles.

Et puis la ville, c'est plein d'imprévus. Catherine apprendrait par cœur le nom des rues, les compliments. Elle se voyait dans les grands magasins feuilletant les catalogues. Les enfants seraient propres comme à la télévision. Enfin la nuit serait peuplée de bruits familiers. Elle pourrait avoir des amies, sortir, aller au cinéma. Elle pourrait venir voir Geneviève, car elle la trouvait très belle. Geneviève pourrait lui apprendre tout, puisque la mort de Jonas avait rapproché les deux femmes.

Geneviève montrerait à Catherine comment se servir de ses yeux, de son corps. Catherine serait éblouissante de santé. Elle serait belle. Elle écarterait ses bras pour montrer son corsage qui est toujours plein même après avoir eu deux enfants. Geneviève caresserait les cheveux de Catherine. L'hiver serait fini, comme si on finissait une guerre qui aurait duré six mois.

Les deux femmes seraient douces. Elles glisseraient dans le calme, même si Catherine pense encore que Jonas est caché dans les murs de la chambre. Elles ressembleraient au fleuve: elles seraient coulantes et belles, avec cet air de tendresse que donne la vie. Catherine montrerait à Geneviève comment on se berce quand on a un enfant dans son ventre. Le mouvement des deux femmes sur le lit serait alors très lent, tranquille et silencieux. Très beau.

Pourtant il y aurait la renverse comme si les femmes s'en allaient dans le rêve, comme si un grand cheval gris les emportait près des oiseaux de Sainte-Rosalie. Les lèvres ne deviendraient plus sèches et les narines ne seraient plus collées. Catherine prendrait Geneviève sur ses genoux, la bercerait, ouvrirait son sein pour la nourrir comme une enfant. Et tout cela malgré la peur que Jonas apparaisse dans les murs comme une momie, qu'il se promène dans la chambre avec ses bottes aux talons durs. Non, il n'y aurait que le soleil très chaud qui entrerait par la fenêtre. La neige aurait disparu, ramollie par la chaleur des corps. Les femmes y enfonceraient leurs pieds dans les draps.

Je déposerais une couverture très douce sur les corps des deux femmes. Je ferais un petit pli juste sur la nuque. Geneviève et Catherine seraient en incubation. Alors j'irais m'asseoir au pied du lit et je ferais semblant de ramer. La chambre serait bouillante et un filet d'eau douce s'échapperait des pattes du lit. Il n'y aurait plus de rides sur leurs visages parce que leur souffle serait calme, presque silencieux. Geneviève et Catherine seraient protégées de l'hiver: elles se mouilleraient comme une soupe chaude. Nous serions sauvés de la folie à cause du parfum comme une grande marée.

C'est comme si nous étions dans une cabane étrange où l'on a fait le grand ménage. La Mornifle est partie dans la cheminée comme un oiseau. Les poitrines se sont dépliées pour que le cœur batte à son aise. Les corps sont redevenus lisses, déroulés l'un sur l'autre, comme de beaux tapis, de beaux ventres. Les mains ont repris leur longueur habituelle et ne sont plus des câbles raides. Tout est ranimé. On a le goût de se tenir par le cou et les mains. Maintenant que la Mornifle a pris le large vers la mort, Catherine a cessé de cogner des tempes et Geneviève est revenue de sa fièvre. Les femmes sont en eau, en rires, en vie. Et la vie est belle.

Peut-être que Catherine n'est pas encore sortie de Sainte-Rosalie, bien qu'elle ne vivait que pour ça depuis la mort de Jonas. Elle en était arrivée à compter les jours qui la séparaient de la ville, chaque jour qu'elle devait passer encore à Sainte-Rosalie était inscrit sur le calendrier de la cuisine. Elle en viendrait à calculer les heures, c'est sûr. Était-ce encore une illusion dans cet hiver toujours froid? Catherine espérait ne plus sentir l'odeur de cette maison: «Même l'odeur est troublante après la mort.» Les vêtements de Jonas avaient été défaits, décousus, lavés, puis refaits pour les enfants. Ce costumage était aussi pénible à voir, un vrai déguisement de famille.

Catherine perdait même l'habitude de ses gestes quotidiens. Elle besognait différemment avant, c'était pour son mari. Elle mettait la table trop vite, se souciant très peu de faire un bon service. L'écœurement était visible. Elle devenait gauche sans amour. Elle parlait à ses enfants de la vie nouvelle à venir, des rues, des magasins, de Geneviève. Elle pensait bien qu'en ville tout le monde est collé. Alors elle prenait des images que les enfants connaissaient. Elle disait que les gens de la ville sont comme les arbres d'une forêt très fournie; les maisons également. Il n'y a pas de rues fermées durant l'hiver; même pendant les grosses tempêtes on peut voir passer le monde. (Image inquiétante de la forêt de Sainte-Rosalie).

«La mort chez nous c'est pire qu'à la guerre; ça n'a pas de bon sens.» Catherine se souvenait de ces paroles de Jonas, dans la mauvaise saison. À l'arrivée de la nuit, il lui était pénible de s'endormir. Même après la mort de Jonas, elle tournait dans son lit comme une queue de veau. Le vent de l'hiver ici ne ramollit rien, il casse d'un coup même la tête. Il fait craquer les murs. C'est pourquoi Catherine a pensé longtemps que l'âme de Jonas était dans les murs avec le vent. (Avec le diable qui la regardait.) Tout grinçait, le lit et les murs quand elle avait ses chaleurs. Les caresses devenaient des raclements. «Comment ne pas mourir de peur dans ce maudit pays?» Et toutes les ombres que font les nuages sur les murs en autant de momies. Catherine sentait que Jonas était là, dans les murs, et il glissait sur une neige bien tapée. «Je veux m'en aller». Elle se défonçait la tête avec cette phrase, en essayant de ne pas trop respirer l'odeur de l'homme dans les murs.

Elle commence à fumer, pour se rappeler le goût de Jonas. Elle l'a dans la bouche. C'est moins pire que de l'entendre dans les murs.

«Changer de maison, s'en aller en ville». Pour elle, cela devenait impérieux comme une espèce de retour à la vie, un vrai pain de ménage. Ne plus attendre, «au plus sacrant». Ne plus voir le lever du jour. Ne plus penser à la cabane dans les bois. Ne plus sentir le froid dans les coudes et aux genoux. Ne plus fumer de l'haleine. Ne plus geler jamais, même sous les couvertures. Se lever sans pantoufles. Ne plus brûler du visage à cause du froid. Installer un sapin de Noël dans le salon mais c'est tout. Ne plus avoir de nuits blanches où l'on grimace d'attente. Et puis surtout quand il ne reste plus rien que la mort. «La mort est peut-être une femme comme la guerre.» Ce sont les hommes qui ont inventé la guerre. Jonas est mort en forêt. Elle a sûrement beaucoup de vie dans les seins. «La guerre, c'est comme la grande Mornifle: c'est l'hiver d'ici pendant six mois.»

Catherine sent le printemps qui s'en vient dans sa poitrine et dans son ventre. Par plaques, les cheveux de la terre ont commencé de percer la neige comme des cris. Sainte-Rosalie repousse, bourgeonne à nouveau dans ce pays. Au Québec, l'hiver a commencé de finir. (Je n'aurai plus les grandes peurs du village dans la caboche.) Les oiseaux sont fous d'arriver si tôt; moi, j'aurais profité encore du soleil. J'aurais attendu pour revenir du large, du Sud. L'aube verte a commencé d'arriver comme une folle. Alors Geneviève est allée faire un tour dans le bois de Sainte-Rosalie. Je rêve.

On l'a retrouvée près de la cache à Jonas. Elle avait plein de feuilles entre les jambes. Un tas de feuilles encore molles. Elle avait pris la peine de se rentrer tout ça dans le vagin jusqu'au ventre. Ça ressemblait à une tête de déserteur qui ne veut pas se faire reconnaître. Il y avait aussi de la boue sur le ventre et aux genoux. Les jambes étaient repliées, écartées. C'était une boule de cristal cassée en deux comme une boule de neige.

Geneviève était déjà morte quand on sortit l'enfant gonflé de pus entre ses cuisses. Elle n'a pas eu mal au cœur. J'en suis sûr. Tout a été trop vite, dans la tête et dans le ventre. La Mornifle aurait peut-être sauvé l'enfant (ou la mère), on ne sait pas. Geneviève ne sera plus frileuse dans l'hiver de chez nous. Elle ne se dardera plus vers les nuages. Elle ne sentira plus les grosses peurs sur la galerie. Elle a déménagé toute seule. On est au printemps ou pas loin. La froidure a pris le large à son tour, entre les jambes de Geneviève.

Geneviève est venue faire un tour à Sainte-Rosalie pour avoir la paix. Toutes les fois, c'est la même chose: elle meurt d'ennui. Elle a perdu sa propre trace. La louve était loin, partie sur le cheval gris. Elle marche sur son dos comme un acrobate, pendant que le loup défriche des hommes. Une louve magnifique, qu'on ne voit pas en ville, même dans les jardins zoologiques. La neige n'a pas encore disparu. La louve a pris l'écorce de l'homme dans le cerveau et dans le cœur, comme un glacier.

Elle avait l'air d'une enfant en couche. Elle a cessé de s'ennuyer, dans la ville et à la campagne. Ça ne dure jamais longtemps, pas plus qu'une mouche. Faut pas la laisser mourir. L'autobus va passer dans une heure avec son chargement d'odeurs de ville. Geneviève et Catherine vont s'y installer. Parce que c'est impossible qu'après huit mois Geneviève perde son enfant. C'est une trop grosse claque, une vraie mornifle des deux mains, comme l'hiver.

D'autant plus qu'il n'y a pas de médecin à Sainte-Rosalie. Ça aussi c'est une mornifle en pleine face. Sainte-Rosalie, c'est un petit village de rien, loin de Québec. Un village dont on mentionne le nom sans en parler. Un village sans bon sens, un trou pour la mémoire. Une invention de la télévision, pour faire croire au monde que la mort existe.

La télévision est demeurée ouverte toute la nuit. Il n'y avait que Jonas qui lisait les nouvelles de Sainte-Rosalie. Je me suis endormi comme un enfant. Geneviève était couchée depuis longtemps, je pense. Lorsque j'ouvris les yeux, j'étais loin de penser que ces trois nuits passées à Sainte-Rosalie avaient été aussi fécondes. Que ces trois nuits avaient été chargées de rêves aussi éblouissants.

Une voix me venait des murs, c'était Catherine et aussi Geneviève. Une voix double, comme un chassis en hiver. Les deux vitres faisaient l'amour pendant que je regardais par la fenêtre des toilettes comme Jonas. Et puis il y avait le bruit de la mer comme un signal d'alarme, le cri des oiseaux comme une souche importante. Geneviève et Catherine dans une musique magnifique. Il y avait la vie, l'ennui, à Sainte-Rosalie, comme en ville quand on fait des fleurs de papier. Pourquoi ne pas leur dire d'attendre le cheval qui va sauter sur la table au dessert comme une vraie femme?

Je suis en instance d'aimer et c'est tout Sainte-Rosalie, c'est toute la Mornifle. Un coup de dé ne suffit pas. Et moi je perds mon nom pour toi. Dis-moi que Sainte-Rosalie n'existe pas et que Geneviève est finie, que Catherine est un vrai pays même sans bon sens. Je vais te croire. Après t'avoir dit qui je suis. Je suis peut-être le diable qui a forcé la Mornifle à tuer ses enfants. «Une seule chose est importante, c'est la vie». Comme un enfant, même infirme.

Geneviève est morte l'automne dernier et il faut que je passe l'hiver tout seul. Ça ne sera pas facile je le sais. Pourquoi y a-t-il tant de musique? Ce n'est pas facile d'être tout seul, comment ne pas revoir ses gestes? Même si je n'y crois plus, à cause d'elle et de l'accordéon. As-tu déjà vu un village en peine?

Nous n'irons plus aux bois
Les lauriers sont tombés
La belle que voilà
Ira les ramasser.

C'est la seule histoire qu'on ne peut pas se raconter. J'ai l'impression que nous sommes en octobre, le 12... Je fais un arrêt à Sainte-Rosalie dans un petit restaurant... Je pousse la porte... Un café... Je suis sûr d'entendre les pas d'un cheval. Ça vient de l'escalier qui va vers les toilettes... Mon doigt dans la vitre et ça fait un beau trou pour voir... C'est à peine croyable puisque je distingue très clairement des cercueils. Le cheval vient de sauter au centre de la table vis-à-vis du cœur.

C'est le printemps à Sainte-Rosalie,
Et je suis mort.

Avril 1989

CHRONOLOGIE

1939   Le 28 novembre, naissance à Québec.

1946-1953   Il commence ses études primaires à l'école Notre-Dame-du-Chemin (1946-1949), qu'il poursuit à l'école Montcalm (1949-1951) et qu'il termine à l'école des Saints-Martyrs canadiens (1951-1953).

1953-1962   Il entreprend ses études classiques au Séminaire Saint-François de Cap-Rouge et les termine au collège de Sainte-Anne-de-la-Pocatière (1955-1962), avec un baccalauréat ès arts.

1962-1963   Il prépare un brevêt d'enseignement (classe A) à l'École normale Laval de Québec

1963   Il obtient un baccalauréat en pédagogie de l'Université Laval.

1963-1965   Il prépare une licence ès lettres à l'Université Laval qu'il obtient en 1965.

1965-1966   Il enseigne la littérature à l'Académie de Québec.

1966-1971   Il participe aux récitals mensuels de poésie des Poètes sur parole, à Québec.

1966-1972   Il est professeur de littérature et de français à la Commission scolaire régionale de Tilly (à Sainte-Foy).

1970   En mars, il participe à la Nuit de la poésie au Gesù.

1971	Il participe à la Nuit de la poésie dans l'Île d'Orléans.
1972	En juin il publie son premier roman, *Mémoire de l'œil*. Pendant l'été, il est professeur invité à l'Université du Québec à Trois-Rivières où il donne un cours sur la chanson québécoise.
1972-1973	Il est directeur adjoint à la pédagogie à l'École secondaire Les Compagnons de Cartier, de la Commission scolaire régionale de Tilly.
1973	En janvier, il publie un deuxième roman, *Inventaire pour Saint-Denys*, en finale du Prix du Cercle du livre de France et du Grand Prix littéraire de la ville de Montréal, et deux recueils de poésie, *Poèmes à ne plus dormir dans votre sang* et *Les Espaces de vivre à vif*, aux Nouvelles Éditions de l'Arc de Gilles Vigneault. Il est boursier du ministère des Affaires culturelles du Québec.
1973-1976	Il est conseiller pédagogique en français à la Commission scolaire régionale de Tilly.
1976	Il publie un troisième roman, *la Mornifle*.
1976-1981	Il est membre du personnel professionnel et chargé de cours pour le programme de perfectionnement des maîtres en français (PPMF) à l'Université Laval.
1979	Il publie un quatrième roman, *les Difficiles Lettres d'amour*.
1981-1982	Il est vice-président à la pédagogie et aux divers comités de l'Association québécoise des professeurs de français. Il anime un atelier d'écriture en milieu carcéral à l'Institut Laval (à Montréal).
1981-1988	Il est chargé de cours au département des littératures et à la Faculté des sciences de l'éducation de l'Université Laval.

1984	Il fait paraître un troisième recueil de poésie, *l'Embrassement ou les Petits Poèmes du corps*.
1986	Il obtient une maîtrise ès arts (en didactique) de l'Université Laval. Il publie un essai sur son expérience d'animation en milieu carcéral, *Écrire en prison*.
1986-1987	Il anime un atelier d'écriture pour jeunes adultes psychotiques, Groupe interdisciplinaire freudien de recherche pour l'intervention clinique et culturelle (GIFRIC).
1990	Il obtient un doctorat (Ph. D) de l'Université Laval avec une thèse en création littéraire.

Aurélien Boivin
Département des littératures
Université Laval (Québec)

BIBLIOGRAPHIE

I. Oeuvres

Mémoire de l'œil. Roman, Montréal, le Cercle du livre de France, [1972] 161 p.

Inventaire pour Saint-Denis. Roman, Montréal, le Cercle du livre de France, [1973], 138 p.

Poèmes à ne plus dormir dans votre sang, [Montréal], Nouvelles Éditions de l'Arc, /[1973], 92[2] p. («Collection de l'Escarfel»).

Les Espaces de vivre à vif, [Montréal], Nouvelles Éditions de l'Arc, [1973], 93[2] p. («Collection de l'Escarfel»).

La Mornifle. Roman, Montréal, Pierre Tisseyre, [1976], 206[1] p.

Les Difficiles Lettres d'amour, [Montréal], Quinze, [1979], 144 p. (Collection «Quinze/Roman»).

L'Embrassement ou les Petits Poèmes du corps, [Montréal], Nouvelles Éditions de l'Arc, [1984], 44 p.

Écrire en prison, [Montréal], Nouvelle Optique, [1985], 113 p.

Écrire à la folie, Québec, GIFRIC, [1989], 225 p [Collectif sous la direction de Jacques Garneau].

II. Études sur *la Mornifle*

[Anonyme], «*la Mornifle*», Québec en bref, vol. 11, n° 3 (mars 1977), p. 22.

Boivin, Aurélien, «*la Mornifle*», *Québec français*. n° 25 (mars 1977), p. 6.

Lebrun, Paule, «*la Mornifle*», *Châtelaine*, vol. 18, n° 5 (mai 1977), p. 28.

Major, André, «la Mornifle qui vient du froid... », *le Livre d'ici*, vol II, n° 20 (23 février 1977).

Martel, Réginald, «les Dits du désir déchaîné», *la Presse*, 92e année, n° 284 (27 novembre 1976), p. E-3.

Pagé, Raymond, «*la Mornifle*» *Chelsea Journal*, vol. 4, n° 4 (July-August 1978), p. 196.

Pelletier, Jacques, «Nouvelles Voix», *Livres et Auteurs québécois*, 1976, p. 39-44 [V.p. 39-42].

Ricard, François, «l'Imagination et le Pittoresque», *le Devoir*, vol. LXIX, n° 34 (12 février 1977), p. 15.

Royer, Jean, «Garneau: *La Mornifle*, c'est le pays devenu magique/Une entrevue de Jean Royer», le Soleil, 81e année, n° 5 (31 décembre 1976), p. C-3.

Aurélien Boivin
Département des littératures
Université Laval (Québec)

TABLE DES MATIÈRES

Introduction   9

La Mornifle 17

    La première porte 21

    La deuxième porte 35

    La troisième porte 51

    La quatrième porte 65

    La cinquième porte 79

    La sixième porte 99

    La septième porte 121

    La huitième porte 139

    La neuvième porte 153

    La dixième porte 169

Chronologie 179

Bibliographie 183

Achevé   Imprimerie
d'imprimer Gagné Ltée
au Canada Louiseville